あふりこ

フィクションの重奏／遍在するアフリカ

川瀬慈 編著

新曜社

我々は熱に浮かされている。この病は我々に世界を多元的に想像させ、異郷化することをうながし、物語ることをせきたてる。それはやっかいでデモーニッシュですらある。我々を誘惑し、ともに踊る相手に選んだかとおもうと、流麗なステップもスピンもゆるさず、皮膚の表面に瘢痕を残していく。アフリカにいようが、ここ日本にいようが、世界のどこへ逃れようが、それは我々の肉体のすみずみをフィールドワークし、うごめき続けるのだ。読者が本書において目撃することばの羅列は、このやっかいな病が我々の肉体に残した痕なのかもしれない。

アフリカを対象に研究を行う人類学者による物語りの試み、フィクションの重奏。本書を通して、地図上のアフリカとは異なる、新たな世界をたちあがらせ、そこに生命を吹き込んでみせよう。その世界の脈動は、今、ここに確かに実在するのである。

川瀬　慈

あふりこ

目次

あふりこ

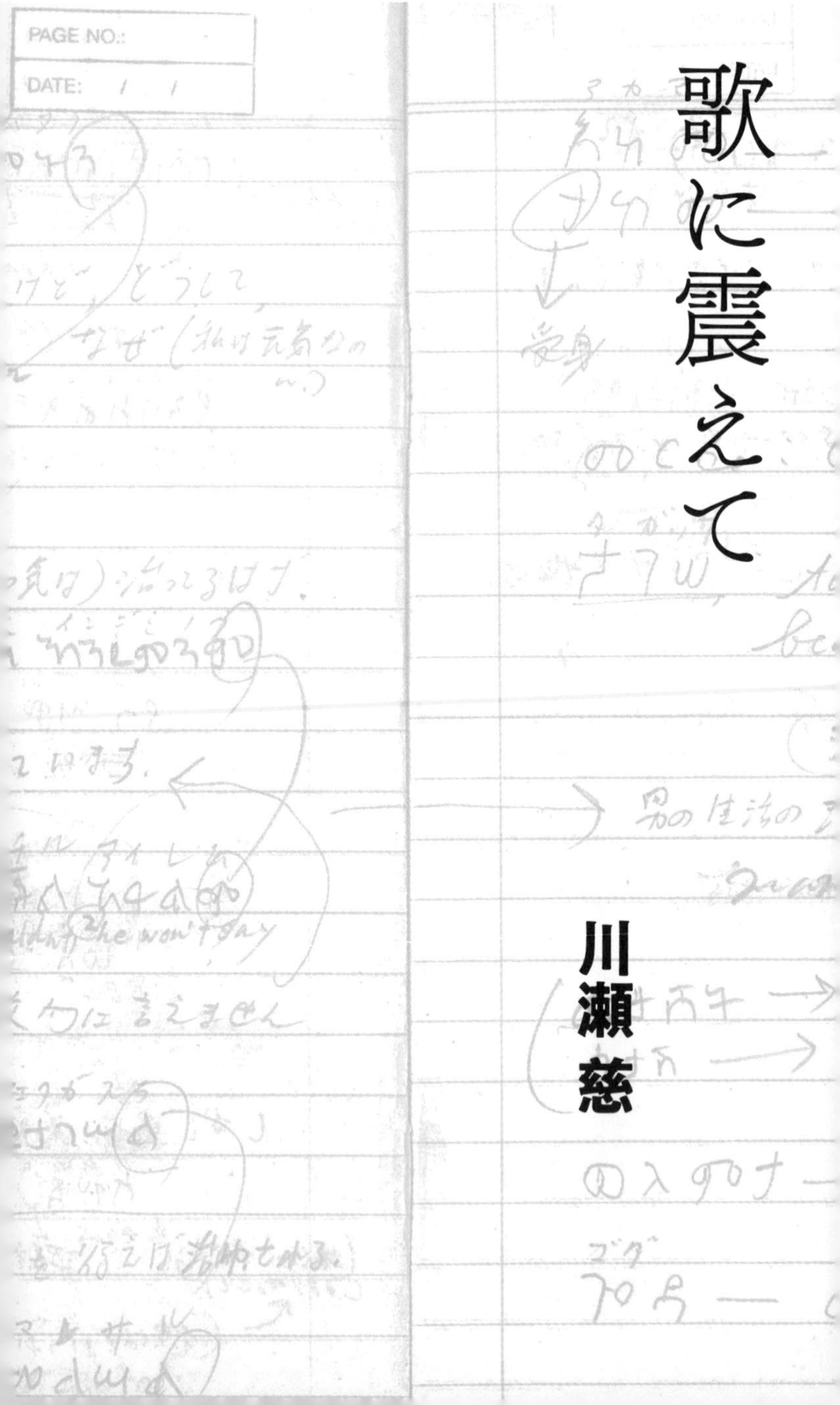

歌に震えて

川瀬慈

大地は無慈悲だ
あなたが死ねば　あなたの体を　腐らせる

だからそのまえに「ほらどうぞ」と言って　私に与えてください
そしてあなたの気前のよさを見せて
あなたの穏やかな性格がなつかしい
創造主に感謝しなさい
あなたを生かす　神に感謝しなさい
様々な災いからあなたを守る
創造主に感謝しなさい

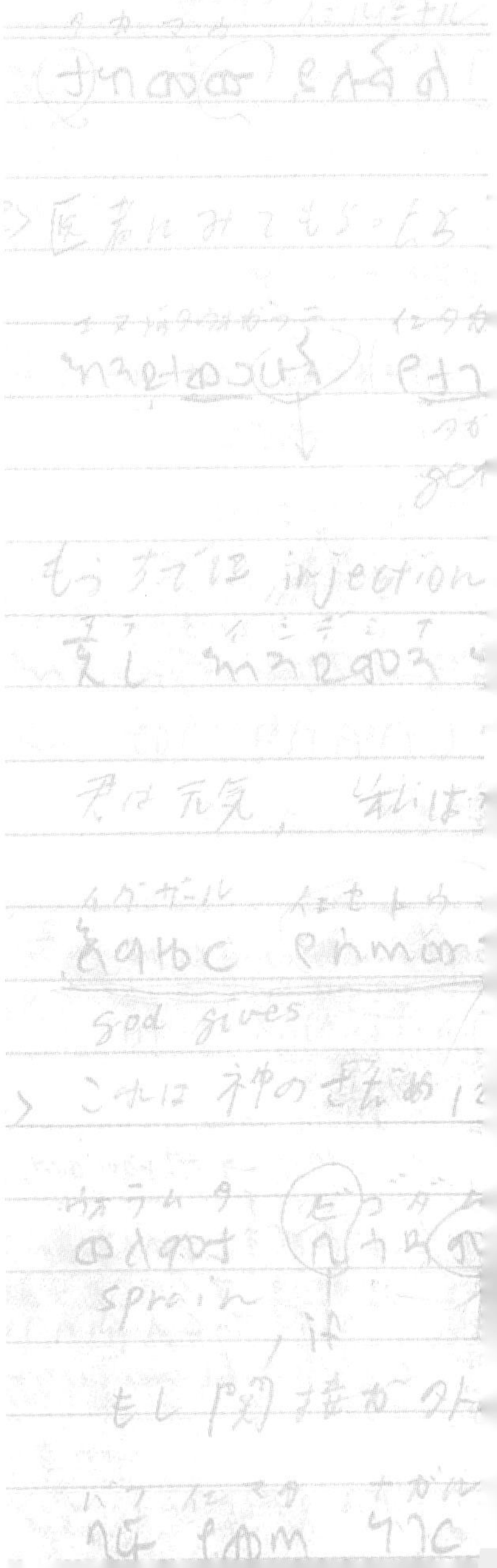

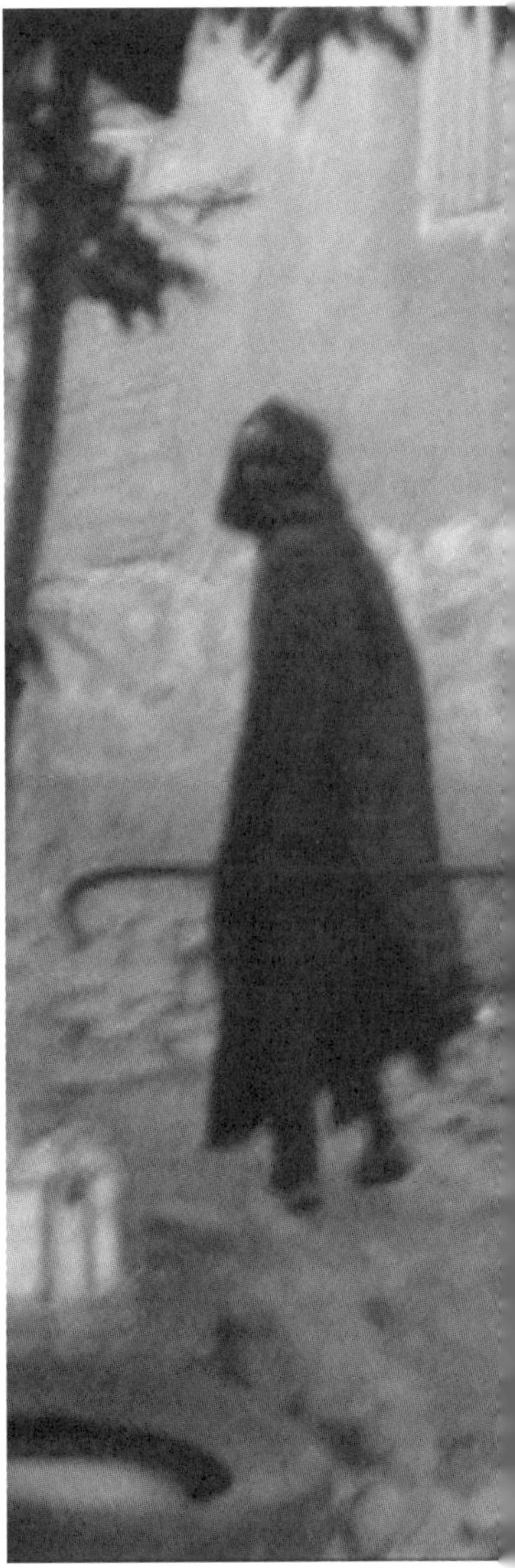

深く息を吸い込みます。そう、マレトゥ《大地》のうめきを全身で深く吸い、そこで呼吸を止めます。そして、矢継ぎ早にことばを吐き出していくのです。そうです、矢継ぎ早に。オマエのディムツ《声》はアイヤール《空気》を震えさせ、ゴダナ《通り》の隅々にまで広がり、カタマ《町》をみたします。そこらじゅうにただようネフス《魂》とコレ《精霊》を揺らしながら、センマイ《空》にまでとどくのです。まだ眠っていたいツァハイ《太陽》は、オマエの声にゆり起こされ、今日もしぶしぶとアレム《世界》を照らしに出てくるでしょう。オマエのような声を持っている人はだれもいません。オマエの父親もそのように歌いましたね。最近はほんとうに上手くなったものです。左手を耳に当て、自分の声の音程を慎重に確かめながら歌うその姿は、オマエの父親が元気に活動していたころの姿をほうふつさせます。

アッボウデ《ごみのようなやつら》、ラリベラ《明け方から食うあさましいやつら》、ハミナ《中傷する人々》、オマエたちを指して用いられることばは、オマエたちに対する世間の冷たいまなざしを浮かび上がらせます。オマエたちは社会ではうしろめたい存在とされていますね。しかしオマエたちは世間の蔑視を示すこれらのことばとは別のことばで自らを呼びます。ラワジ＝歌う人々、と。

オマエに対して、唾を吐きかけるやつ、石を投げつけるやつ、まるで野良犬を追い払うように棒で叩くやつ。いろんなやつらがいますね。オマエも負けていません。そんなやつらには呪いのことばをかけてやるのです、神のご加護が届きませんように。オマエの声の力を知っている者は、恐怖で身震いするでしょう。ラワジに呪いの歌を浴びせられたら、数日は仕事も手につかないのではないでしょうか。

シュカッチほど恐ろしいものはない、父はオマエによく言いました。シュカッチ、シュカッチ、シュカッチ。このことばは、オマエの人生に黒雲のような深い影を与えてきました。ラワジが歌うことをさぼってしばらくすると、シュカッチに襲われる。シュカッチは、オマエの皮膚を裏返し、オマエの姿はみるみるうちに醜く変り果てる。ほら、あの北ショワのどこどこの村の誰々は、歌うのをやめたから、右足の親指の先から腐りはじめ、歩けぬようになり、亡くなった、などと幼いオマエに父は切々と話したのです。シュカッチの恐怖が父を歌に駆り立ててきました。歌うのをやめると重い皮膚の病に侵されてやがて死ぬ。ラワジの中で、まことしやかに伝えられてきた伝説。そんな馬鹿な話があるか、とオマエは自分に言い聞かせます。そんなくだらない迷信を自分は信じるはずはないのだと言い聞かせます。

ただ、父は幼いオマエに何度も言いました。少しでも歌うのをやめたら、我々ラワジはシュカッチにおかされるのである、と。自らを追いかけ、飲み込む、黒い影、セイタン《悪魔》。シュカッチが怖くて、歌い続けた父の姿。その不吉なイメージを忘れようともがけばもがくほど、それはオマエの心の奥底で、まるで煙のようにたちあがり、オマエの毛穴から少しずつ染み出て、オマエの全身を黒く、黒く染め上げていくような感覚にとらわれるのです。あるいは、夜、町を彷徨するとき、まるで黒い小人のようなシュカッチが、オマエのあとをついてくるような気がします。

外はまだ真っ暗です。モスクからの最初のアザーン（礼拝の時刻を知らせる声）で目を覚ましたオマエは、今朝もすぐに手際よく身支度をし、厚手の白いガビ《マント》で全身を包み、間借りする宿を出ました。三十分ほど歩いたでしょうか。今日はこのあたり、そう市役所裏の界隈で歌いましょうか。みすぼらしい、さびたコロコロ《トタン屋根》の長屋が並びます。あたりはまだチェッレマ《真っ暗》。どの家の門もまだしっかり閉じています。たしか昨年、このあたりは結構いけたような気がします。ツァバル《聖水》が入った小瓶を、赤茶色のトタン扉の上にひもでつるしている質素な家。そこにはたしか、オマエの声を待っている病弱な老婆がいたはずです。あの老婆は、玄関先で歌うオマエを手招きして、狭い家の中に招き入れ、目を閉じて、オマエの声を深くかみしめるように味わいましたね。そうして、オマエに焼きたてのインジェラ（イネ科の穀物テフを発酵させてつくる、エチオピアの主食）をわけ与えたのです。ふだんの活動の中で、数日ほうっておかれた黴臭く固いインジェラを受け取ることが多いオマエ。しかし彼女は違った。新鮮な食べ物をくれる彼女のやさしさに心打たれ、オマエは彼女のもとを訪れることを楽しみにしていましたね。しかしどうしたことでしょう、この家は今朝はどうやらからっぽのようです。彼女はつい先日、ウォデ・センマイ・アラガッチ《天に召された》、ようなのです。彼女の娘たちが喪に服すことを示す、黒い布を頭に巻いています。オマエは一人、大切なデンベンニャ《客》を失ってしまいましたね。いや、そんなところでくよくよしている暇はないでしょう。さあ、次の家で歌いなさい。ラワジたちは言います。金持ちが集住するエリアよりも、貧しい世帯が密集する市役所裏のような所はガルティ《良い》な場所である、と。良い場所とはもちろん、オマエたちに金品を施す者が多いという意味です。

明け方の町、沈殿した夜の気配が、オマエを内側から冷やします。体を震わせながら、オマエは、いささか強気にことばをたたみかけていきます。一定の歌詞のまとまりを歌い切ると、あとは歌詞のないパートです。ここは歌い手の個性が出ます。力強いオマエの声はじわじわと薄明の冷気を追いやり、広がります。野良犬たちが、オマエの声に驚き、まるで応答するかのように、遠吠えを始めます。

そうそう、オマエはしたたかです、他のラワジたちと同じようにしたたかなのです。歌いかける相手に関する情報を近所の住人から聞き出し、歌詞の中にとりこんでいきます。それらの情報を歌の中にくみ込むことで、聴き手の気分を高揚させ、聴き手を施しへとかり立たせます。これらの情報の中でまず一番大切なのが、歌いかける相手の名前です。名前を歌詞の最初に含めることで、まずしっかりと相手の注意をこちらにひきよせます。そのほかにも、宗教や職業に関する情報も歌詞の中に加えましょうか。クリスチャンに対しては、聖母マリアのご加護を、と。あるいは、聖ミキャエル、聖ガブリエルがずっとあなたにつきそいますように、と歌うのです。イスラム教徒にはアッラーのしもべたちよ、チャット（ニシキギ科の常緑低木。葉や茎をかむことで覚醒作用が得られ、嗜好品として利用される。イスラム教徒がしばしば儀礼に用いる）が新鮮のまま保たれますように、とても歌いましょうか。イスラム教徒たちにとって大切な巡礼地の名前を歌詞にはさむことも忘れてはいけません。すると、相手の心の鎧は溶解し、こわばった表情は和らぐでしょう。職種に関する情報も重要です。相手が兵士なら、皇帝テウォドロスのように勇壮に戦場をかけめぐる、とおもいきり持ち上げます。商人に対しては百から千を生み出すたぐいまれな商才を持つ人物、とたたえます。たとえそれが事実ではないとしても、それらのことばは相手の心をわしづかみにし、相手はやれやれ、またか、とつぶやき、しぶしぶ微笑み、オマエに紙幣を渡すのです。これらの情報を路上で得ることができないのなら、それはそれでよいでしょう。オマエの頭の中にある、父親から受け継いだ、そして父親がその父親から受け継いだことばを矢継ぎ早に吐き出せばいいだけなのです。それはとても特別なものなのです。ラワジの先の世代から受け継いだものであると同時に、ラワジの次の世代へと受け継がせていくものでもあるのです。

オマエの仲間のラワジたちは、ラワジが聖者ゲブレキルストスの子孫であると言います。ゲブレキルストスは、神に祈ることのみで生きることを決心しました。そんな矢先、彼の両親はあろうことか、ある女性との結婚を彼に強要しようとしました。それをかたくなに拒絶するゲブレキルストス。それでも両親は彼のために式を決行してしまいます。すると彼は式の当日逃げだします。両親は多くの使いを派遣し、彼を捕まえ結婚式に連れ戻そうとしました。追われていることを知り、ゲブレキルストスは神に懇願します。自分の皮膚を裏返しにして、追っ手たちの目をくらますようにしてくれ、と。すると神はすんなり、ゲブレキルストスの願いを聞き入れるのです。彼の手足はたちまち醜くただれ始め、みるみるうちにその人物がゲブレキルストスだということが誰にもわからないほどになってしまいます。

歳月が流れ、ゲブレキルストスは両親の家に戻りますが、両親にはその醜い風体の乞食が自分たちの息子だとは気づきません。ひどい皮膚の病にかかった男の風貌を哀れに思った母は、家の近くの小屋に彼を住まわせ、毎日食べ物の残りを与えました。ある夜、ゲブレキルストスは天に召されます。両親は彼の死後、その男が自分たちの息子だったと知り、嘆き悲しみました。神への純真な信仰に満ち、施しをうけることのみで生きた息子。その親族と子孫達はゲブレキルストスをしのび、歌い乞い、生きていくことを神に誓ったのだといいます。

ラワジたちが広く共有するゲブレキルストスの話。しかしそんな話はオマエにはそこまで大切なわけではありません。ほら、すぐそこの軒先でやかんの水で顔を洗う少年がいます。これから歌いかける家の主の名前を聞き出しましょうか。おい小僧、向いの家の主人の名前はなんだ？　少年は怪訝そうな顔をして、厚手の布をかぶった、不気味なまれ人をまなざします。オマエはもう一度、キッと少年をにらみつけ、威圧的な態度で少年に迫ります、この家の主人の名前を教えなさい。おいおい、そんなにきつく言わなくても、少年はオマエにすぐに情報を渡しますよ。そんなに焦らずともよいのです。もう一度オマエは、今度はゆっくりと優しい口調で少年にたずねます。すると少年は怯えながら、その家の主人の名がストータであるとオマエに告げます。オマエはさらにたたみかけるように、クリスチャンか？　ムスリムか？　主人の仕事は？　と少年にたずねます。少年は怖くなったのか、そそくさと後ずさりし、家の中に逃げていきました。でも、オマエにとっては歌いかける相手の名前をおさえたので、これで充分なのです。さあ、いきましょうか。そう、息を深く吸い込んで。

祝福された家系の出の者
ストータよ　ストータよ
あなたの家では牛肉の脂肪がみなに振舞われる
ミルクがみなに振舞われる
蜂蜜酒がみなに振舞われる
インジェラがみなに振舞われる
あなたの家からは歴史に名を残す英雄たちが生まれる
静寂は神の罰を受ける時にふさわしい
さあ黙っていないで、気前のいいところを見せてくれ
ヤアーア、ウォーエ、ヤアーア

延々と繰り返します、延々と。二十分ほど歌ったでしょうか。眠そうな眼をこすりなが

ら、中年の男性が家の中から出てきました。この家の主人、ストータなのでしょう。じーっとオマエの顔を見ています。決して不快そうな顔ではありません。またラワジの季節がやってきたのか、いや、いつもより今年は少し遅いな、彼の心の中のつぶやきが聞こえます。オマエは声にさらに力を入れます。ほらもう一息です。続けなさい、そのままに、いつものようにたたみかけるのです、ほら。

あなたは、よい家系の出身である
あなたは偉大な人である
あなたは　私に恵むのか　恵まないのか
私をそわそわ、待たせないでほしい

大地は無慈悲だ
あなたが死ねば　あなたの体を　腐らせる
だからそのまえに「ほらどうぞ」と言って　私に与えてください

そしてあなたの気前のよさを見せて
あなたの穏やかな性格がなつかしい
創造主に感謝しなさい
あなたを生かす　神に感謝しなさい
様々な災いからあなたを守る
創造主に感謝しなさい

男性の表情が、みるみるうちに迷惑そうな顔に変化していきます。オマエはさらに、続けます。同じフレーズを続けます。男性の顔はこわばり、もうかんべんしてくれ、といわんばかりの表情です。とうとう彼は向いの家を指さしました。次の家へ移動して歌え、ということでしょう。オマエは咳払いし、もったいぶった調子で、さらに続けます。男性の気持ちはわかるのですが、ここで負けてはいけません。突然歌の調子を変えて、彼の虚栄心をこなごなに砕くようなフレーズを歌の中にちりばめることもオマエにはできます。道端に痰を吐き捨てるように、何も報酬をもらえなかった怒りをあらわに、その場を去ることもできるでしょう。しかし、いや、こんなところで、無駄に怒ってはいけません。時間を無駄にするのはいけません。ぐっとこらえて、もうそろそろ、次の家に移動しましょうか。

ところで、オマエはずっと迷っています。もう長い間ずっと。自分はなぜ歌い続けるのかという問いはぐるぐると頭の中で旋回し続けます。しかし答えは出ません。オマエが歌っているのか、はたして歌がオマエを奏でているのかもわからないのです。歌うことをやめようと思ったこともあります。実際オマエは最近、しばらく歌うことをやめたこともありましたね。排気ガスとノイズにあふれるバスステーションで、二か月間ほど、タッシャッカミ《荷物運び》のアルバイトを行いました。これから地方へ向かうバスに荷物を積み上げる。あるいは、地方から到着したばかりの荷物をバスから降ろす。最初は慣れない力仕事にとまどいましたが、毎日、普段歌って稼ぐ金額の三倍は稼いだでしょうか。長距離バスの運転手、物売りの少年たち、カフェの女、なじみの連中と笑顔で挨拶を交わすようになりました。オマエに仕事を回してくれる同じ荷物運びの仲間も増えたところでした。しかしそんな矢先、やはりシュカッチに襲われるのではないかという恐怖にかられ、結局オマエは朝の歌の活動に戻ってしまいました。

ええ、たしかにシュカッチはじっとオマエを見ています。枯れたユーカリの木陰から、イチジクの大木の葉の上から、穀物を保管する大きなツボの中から、燃料に使用するために積み上げられたエベット《乾燥した牛糞》の隙間から、ウォフチョウ《脱穀機》が出す騒々しい音の響きの中から。モスクのアザーンの声の中から。数日放置されたインジェラの表面の黴の中から。オマエをじっと、じっと見つめています。オマエの毛穴から忍び込み、オマエの臓器のすみずみを食いつくすチャンスをうかがっています。オマエが歩みを進めるのなら、まず、一定の距離を保ってオマエについてきます。オマエの心が浮き立ち、軽やかになったとき、シュカッチはすかさず黴臭い息をオマエの首元に吹きかけ、オマエをたちまち暗い気分にさせるでしょう。オマエがひと働きして、ほっと一息をつき、額と首筋の汗を右手の甲でぬぐおうとするその瞬間、オマエの汗をその長く、氷のように冷たい舌でベロリとなめあげ、オマエが歩みを進めようとする気力を奪い、とても嫌な気分にさせるでしょう。シュカッチは、オマエが心の底でつぶやく人の悪口を、低くニヒルな声で反復し、オマエの中の悪魔にリーチするのです。そうしてオマエを自暴自棄にさせ、オマエの心の風景を殺伐とした荒れ地に変えてしまうのです。そうして、シュカッチは満足したとばかりに、オマエに背を向け、ほこりっぽい道の端で佇み、冷たいまなざしのままほくそ笑み、またオマエを冷たい目でじっと見つめるのです。シュカッチはオマエが眠りにつくと、すかさず、オマエの夢の中に騒々しい足音で侵入します。そうしてオマエをいきなり空高く連れ去ります。恐怖と寒さに震え、地上に戻りたいと泣き叫ぶオマエの体をがっちりつかみ、星々の隙間を、月の裏側を、飛び回り、駆け回ります。オマエはわけがわからず、吐き気をもよおすのですが、吐くこともできず、恐怖で目をあけることもできず、シュカッチの乱暴に身をゆだね、夢から早く覚めることを祈り、体をこわばらせます。そうしていつもひどい頭痛と、体の節々の痛みとともに、暗澹とした気分で朝を迎えるのです。シュカッチのせいで、オマエの心が浮き立つことも、軽やかになることもありません。オマエは常にどんより曇った心模様で、うつむきながら、のっそりのっそりと歩みを進めます。

オマエは今日も黙々と、アジスアベバの早朝に家々の軒先をまわり、歌を歌い、人々を祝福して歩き、残り物のインジェラをビニール袋に詰め込み、歩き、歩き、歩きまわります。長い雨期が明け、エチオピア新年を迎え、そして数日がたちました。道端には新年を象徴するかわいらしい黄色い花、アディ・アベバが咲き乱れ始めています。新年の晴れ着を着た子どもたち、黄色い花を耳に飾り、円陣を組み、何やら楽しそうに話しています。幼い時から旅にあけくれたオマエには少し遠い世界の出来事に見えます。

覚えがないほど幼い時から、両親とともに町々を行き来しましたね。オマエは、ふと母のことを思いだします。かすかな記憶の底にある母。母を想うたびに、イエバレコダ《牛革》でできたおんぶ紐の生臭い匂いがオマエの全身を優しく包みます。そして、オマエを背負った母が歩みを進めるごとに、おんぶ紐の装飾のコヤスガイが触れ合う音がよみがえってくるのです。父の全身を覆っていたのは薄汚れた赤い布です。この布には、父が好む、タラ《地酒》（ソルガムや大麦、イネ科の穀物テフなどを原料とする醸造酒）の匂いが染みついていました。懐かしい匂いです。多くの人々が白色に近い、あっさりとした味のタラを好むのに対して、父は特に、酒の原料の穀物をよく火であぶった酸っぱくて黒い色をしたタラを好みました。ニットの帽子を深くかぶり、いつも不機嫌そうな表情で、家々の門を叩くその姿。ロタ《法要》（人の死から四十日後に行われる儀式）の時、故人にむけての斉唱を歌い終え、報酬である子牛の大腿部をかついで、オマエの目の前を得意げに歩く父の姿が目に焼き付いています。そして、父と母のデュエット。それはそれは見事なものでした。ふだんラワジのことを毛嫌いし、見下しているようなやつらも、オマエの両親の歌声には、ハッとさせられ、息をのみました。その場所を声の力によって異化してしまうかのような、不思議な歌でした。父のザラザラした、地を這うかのようなうねり声のチャント、そしてそこにかぶさる、母の滑らかな声。まるで北エチオピア、テンビエ地方の白いマアル《蜂蜜》が流れ出るように。人々はオマエの両親の歌声の到来で季節を知りました。それだけではありません。生のはかなさを、所有のむなしさをしみじみとかみしめました。あるものはそれが神の声だとまで言って、褒めたたえたのです。オマエの体の中に深く染みこんだ懐かしい声。その声は川がはてしなく流れるように、オマエの肉体を通して、この世界に吐き出されていくのです。父はオマエが単独で歌い、活動を始めようとした矢先に病死しました。母はその後すぐにラワジと再婚し、今はどこで歌っているのかはわかりません。

最近、オマエをつけまわすファレンジ《外国人》がいます。彼は自分をジャパナウィ《日本人》であると言い、エチオピアの音楽について学んでいると言うのです。彼は毎日、ここのところほぼ毎日、ラワジたちの多くが間借りをするバスステーションの裏までやってきて、まるで幼児のようなたどたどしいアムハラ語をつかい、ラワジたちの歌について、さらには、それぞれのアガル《出身地》やベタサブ《家族構成》について根ほり葉ほり聞いてきます。こやつは、なかなかのコク《狡猾》のようです。なぜって、最初はそれぞれのラワジにきちんと礼儀正しく挨拶をし、ジョークなども交えて、相手を笑わせます。そのすきにすかさずカメラで相手を撮影し、すばしっこくこそこそとノートに走り書きをして、少額の、ほんとうに少額のチップをお前たちのポケットにねじ込み、またどこかへ帰っていくのです。ふだんラワジの仲間内ではそんなに話題にしない、シュカッチの話題についてもやつはなぜかずけずけと遠慮なく聞いてくるのです、まったく。

　オマエのイトコのメラクは興奮して騒ぎたてています。このファレンジは、まるでズンブ《蠅》のようにうっとうしいけれど、あの緑色の小さな手帖にラワジの名前を記録して、全員ジャパンに連れていくのだ、と。そう、ちょうど、〝黒いユダヤ教徒〟、ベタイスラエルたちが、エチオピア北部の村々からいっせいにイスラエルに移住させられた時（イスラエルによる、大規模なユダヤ教徒のイスラエルへの移送作戦、一九八〇年代の「モーセ作戦」、一九九一年の「ソロモン作戦」）のように、ラワジたちをごっそり、こやつの国に移動させるというのです。オマエが間借りする宿の主の子どもたちは、このファレンジのもとにかけより、名前を記録して、とせがんでいます。まったくおかしいったらないですね。

オマエの叔母のアイザレッチは逆に、彼に対してとても警戒しています。このファレンジが、なぜ大半の人々から忌み嫌われるラワジのことについて、その歌について興味を持ち、しつこくたずねてくるのか見当がつかないのです。もう一つ彼女にとって気がかりなこと。それは、こいつが、ラワジたちの隠語を片言どころか、そこそこ話せるという事実です。この事実は見過ごすことができません。だって、この秘密のことばは絶対にラワジではない者にもらしてはいけないのですから。こやつは政府から派遣されたジョロタビ《諜報員》か何かでしょうか。それはどうなのでしょう、オマエには実のところさっぱりわかりません。

そうそう、そういえば、最近オマエが通っているタラベット《安酒場》があります。オマエの仲間のラワジたちもこの店に飲みにやってきます。皆、オマエの村の界隈からやってきましたね。酒場でラワジに出会うと、どこどこの町では稼ぎがよかった、どこどこの相手は気前がよくたいそうなチップをくれた、あそこは、縄張り意識の強いラワジがいるから避けるべきだ、などと彼らは貴重な情報をオマエに教えてくれるのです。町の人は、年に何回もラワジの来訪を受けることを好みません。そのため、ラワジたちにとって、互いの行動、ルートを把握し、同じエリアに歌い手が集中しないよう工夫をすることが重要なのです。

しかし、オマエがこの店に来る本当の理由は、ラワジ間の情報交換が目的ではありません。私にはすべてわかります。ええ、わかります。オマエは給仕の娘のことが気になっているのです。ごまかせませんよ、そんなのはすべてお見通しなのです。オマエは昼すぎに間借りする宿に戻ると、マントを脱ぎ、Tシャツとジーンズに着替え、普通の若者に戻ります。どこにでもいそうな若者です。皆、誰もオマエがさっきまで、薄明の町を歌声によって支配していたラワジであるとは知りません。そして昼間から酒場に繰り出します。この酒場は昼間から農夫たちであふれかえっています。周辺の農村からやってきた彼らは、換金用の穀物をロバに乗せて町までやってきて、仕事がひと段落するとこの店で飲み、ぺちゃくちゃとおしゃべりをするのです。オマエはほかのラワジたちとは適当な距離を置き、ひっそりと飲みます。店の娘は器量がよく、オマエがタラを飲み干す前に、アルミ缶製のコップにさらになみなみと注いでくれます。そしてオマエの目を見て、いたずらっぽく微笑むのです。まるで、オマエに気があると言わんばかりに。いや、まるでクラムトの大雨《雨期》のあとにひょっこり顔を出す太陽のように。首元にうっすらとメスカル《十字架》の刺青が見えるのは、彼女が農村の出身であることを示しています。愛くるしいツァイイム《薄褐色》の肌、美しく整えられたショルパ《編み上げた髪の毛》、そして整髪用のカビェエ《バター》の香り。オマエのザル《出自》があの子にばれたらどうしようかと、うしろめたい気持ちを抱きながら、気づいたらやはりこの店に戻ってきてしまうのです。あの子に声をかけたい、あんな子と結ばれたらどんなに素敵なんだろう。オマエが胸をときめかせているのがよくわかります。とはいうものの、ラワジがそうかんたんに、バルテ（ラワジの家系に属さない一般人）と結ばれることはできないのです。そんなことぐらい、オマエはよく知っているはずです。面倒くさいですよ、実際。オマエは、バルテの世界に踏み込むことは許されないのです。オマエの父が、もし今生きているとしたら、オマエがバルテの女と結ばれることで、〝家にひびが入る〟ことになり、それはゆるせないと言うでしょう。必ず言います。それとも、この娘に歌唱の技法を教え込み、いっしょにあちこちを旅して、一軒一軒、家々をまわりますか。そんなタフな生活を彼女がやりたがらないことぐらい、よくわかっているでしょうに。やめときなさい。

いや、そういう私自身も実は迷っているのです。私もそろそろオマエのもとを離れるべきなのでしょうか。オマエの心と体から離れ、他の歌い手を恐怖でゆさぶり、伝説と呪いのなかにからめとるべきなのでしょうか。私がオマエから離れた時、すなわち、オマエが心の奥底の恐怖から解放された時、オマエとこの安酒場の娘がどのような関係になるのでしょうか、興味深いものです。私にはわかりません。ただひとつだけ言えるのは、マレトゥ《大地》のうめきを全身で飲み込みながら、ラワジたちが歌い乞い続ける限り、私もラワジとともに旅を続けるということだけなのです。

白い吐息、したたかな祈り

エチオピア北部の地域社会には、ラワジ*と自らを称する歌い手たちがいる。ラワジは、早朝に家々の軒先で歌い、乞い、家の者から金や食物、衣服等を受け取ると、その見返りとして人々に祝詞を与え、次の家へと去っていく。人々の間では、当集団が歌を止めるとコマタ（ラワジの隠語では〝シュカッチ〟）という重い皮膚の病を患うという言説が今日に至るまでひろく共有されている。この言説についてはラワジ集団内においても認識に大きな差がある。シュカッチを恐れるために歌い続けるという者もいれば、そのような話は、たわいもない迷信に過ぎず、ただ生計のためだけに歌うという者も存在する。

ラワジは、ゴッジャム、ショワ、ウォロ等の地域に点在する村々を拠点に、男女のペア、あるいは単独で、一年のほとんどを町から町を広範に移動して歌唱に従事する。ラワジの活動は、人々がまだ就寝中の明け方から正午にかけて家屋の玄関先で行われる。ラワジは一切楽器を用いず、旋律の起伏が少ない呪文のような歌を通して、聴き手に施しをせまる。ラワジの声量は大きく、近くで聴いていると耳をふさぎたくなることもある。ラワジはまた、したたかでもある。しばしば歌いかける相手に関する情報を近所の住人から事前に聞き出し、歌詞の中に取り込んでいく。これらの情報には、歌いかける相手の名前のほか、宗教、職業、家族構成等が含まれる。それらの歌詞は聴き手の気分を高揚させ、聴き手を施しへと駆り立てるのである。金品や衣服、食べ残しの食物を受け取ったあと、歌い手はそれらを渡した人物に対して「イグザベリ・イスタリン（神があなたに恵みを与えますように）」という特定のフレーズから始まる祝詞を贈る。

本作のモデルとなったのは、私が二〇〇二年以来親交を結ぶ、ショワ北部出身のラワジ、メラク・ビショワー氏（冒頭の写真の男性）である。私と出会った頃、十代後半だった彼はアジスアベバの中央バスターミナル界隈に一人で間借りをしながら、毎朝歌うことをなりわいとしていた。私はいつごろからか、アジスアベバの様々なエリアを歌い歩く彼についてまわり、ラワジの生活について、歌の技法について、多くを学ばせてもらうことになる。故郷の親族からシュカッチについて伝え聞いたという彼が、歌うことをやめる恐怖について切々と語る姿が印象的であった。しかし彼は二〇一九年現在、歌唱活動を一切止め、故郷の町の近くで、荷物運びの労働者として生計をたてている。

シュカッチとはなんだったのだろうか。アジスアベバの寒い朝、彼が朗々と歌うときに吐く息の白さが目に浮かぶ。

*他集団による蔑称はラリベラ（単数）、ラリベロッチ（複数）。

太陽を喰う／夜を喰う

村津蘭

——創造はいつも外から来て、接触して、離れていく。そのとき生れ落ちたその子どもたちを、空に投げたり井戸に投げたりして、私たちは世界を増やしてみるのだ。

太陽を喰う

――太陽の強い国の人びとは、陽気でストレスがなさそうだ、などと言う人がいるが、そんなはずはなかった。人々はいつかけられるかわからない呪いに怯え、同時に、目を爛々と光らせながら人を破滅に追い込もうとする妖術師に怯えている。悲しみと恨み、嫉妬が何層にも複雑に絡みあう現実を生きながら、その上で、笑い、踊り、親族や友人との紐帯を何度も解いては結びながら生活しているのだ。

太陽が喰われ始めたとき、私は迂闊にもそれをすっかり忘れて庭の藁屋根の下に座り、ぼんやりしていた。

あたり全体が奇妙に薄暗くなった。陽が翳ったにしては、空気は透明だった。私は空を見上げなかった。どこの家のものかわからない鶏や豚が歩きまわるのを目の端で追いながら、頭は液体の中に漂っているかのようで、ひたすら眠かった。

ジュールの母親が売り物のギーを運びながら、藁屋根の下で私の横に座る人々に何かを言った。五本の木の柱で支えられた藁屋根は家の庭の中心にあり、その下は近所の人々が涼をとりながら入れ替わり集う場所だ。散歩で家に寄った彼らは、彼女の言葉を聞いて感心したように頷き、ひとしきりそれについて話をし出した。ところどころで「ヨボ《白い人》」と言っているのが聞こえた。あるいは自分について話しているのだろうかと思い、ふと意識を会話に向けたが、どうもそういう様子ではなさそうだ。私は再び、湿った生温かい空気の中に頭を漂わせ始めた。しばらくすると会話は止み、ジュールは書類に、アンジェルは竈へと注意を向けなおし、子どもたちはつまらなそうにだらりと座りなおした。近所の人たちは、次の家で時間をつぶすために腰を上げた。

表面が薄汚れた木の机をはさんだ向こう側で、ジュールは前日の授業内容の報告を書いている。毛が丹念に剃られた頭皮は艶やかに光っていた。後頭部が膨らんだ頭は彫像のようで、何度もその輪郭をなぞりたくなる。お前の頭の形が良くないのは、生まれた時にマッサージを受けなかったからだと元同僚のラウールに言われたことがある。私はそんな自分のでこぼこした頭の後ろをさする。ジュールの親はずいぶんよく彼の頭を揉んだのだろう、と思う。ジュールの親もまたその親に丹念に整えられたに違いない。脳も骨もくにゃくにゃした赤子の頭を、粘土のように形づくる。やがて見事な後頭部を持つ人間になる。ジュールの頭の上を蠅が回り、止る。彼は払いのけず、青いボールペンで細かい字を書き付けている。

アンジェルは家の前の竈と、通りに向けて商品を並べている、庭の端にある店の間とを行ったり来たりしている。揚げ魚、オクラ、トマト、唐辛子、玉ねぎ、子ども服、サンダル、バック、ヤシ酒、たばこ、砂糖、飴、ビスケット。木を組み合わせただけの棚の上には、町に行かずにすむ一揃いの商品がひしめき合うように置かれている。二十五セーファフランやら、百セーファフランやら、村の人が店に来る度、お金と商品がやりとりされる。そしてそれよりずっと多くの会話が交わされる。誰かが面白い話題を持ってくると、竈で調理中の料理が焦げる。

二歳半のミミが、忙しいアンジェルにまとわりついて嘘泣きをしていた。瞳は乾いたままで涙など出ていず、不満そうな顔つきで、低く長い唸り声を上げているだけだ。私は一日の三分の一ほどの時間、ミミの嘘泣きを聞かされている気がする。アンジェルは仕方なさそうに、誰が見てもすでに赤ん坊とは思えないその子を布で背中に負ぶう。すると娘は泣き止む。アンジェルが疲れて降ろすと、ミミはまた嘘泣きを始める。

私は、とくにするべきこともないままずっと昼の食事を待っているために、なんだか腹が空いているような気分になっていた。この家にいるといつもそうだ。アンジェルは食事の仕度をしながらも、店で売るための魚を揚げたり、かたつむりを煮たりしていたので、私を含めた家族の食事がいつ出てくるかはわからない。このあたりの大抵の家庭同様、ゾスウ家でも食事の時間は決まっていない。

「今日のご飯は何かな」

待ちくたびれて私が聞くと、竈の前のアンジェルは、

「ウォーだよ」

と答えた。私は思わず、水で溶かれたとうもろこしの粉が沸き立つ時に漂う、ウォーのふくよかな香りを鼻で探してみるが、熱で緩んだ土の匂いが鼻腔を撫でるだけだった。鍋はまだ、火にかけられてもいないらしい。ふわふわと舞い上がるだけの灰が、アンジェルの編みこまれた艶やかな髪の毛に落ちるのを見ながら、私は食事までの時間の長さを思ってため息をついた。

近所に住むアンジェルの母は、竈の近くの低い木の腰掛に座り、アンジェルが揚げ物をするのを目を細めて見ている。大柄でふっくらとしたアンジェルとは対照的に、母親の身体は小さく痩せていて、皮膚が骨に張りついているようだ。短く刈り込まれた髪には、枯れたパパイヤの樹皮のような白い髪が混じっていた。微笑を浮かべていることが多かったが、ふとした瞬間に驚くほど険しい顔をしていることもあった。随分前に病気で夫を亡くしてからは、アンジェルの兄弟たちと暮らしているらしい。いつもふらっと家に来ては、誰と話をするでもなくやがて静かに去っていく彼女に、孫たちがなつくのを見たことがない。

この日も腰掛にしばらく座っていた彼女は、突然腰を上げた。

「もう帰るの？」

アンジェルは聞く。

「また来るよ」

「お母さん、これ、持っていって」

アンジェルは、揚げていた魚を黒いビニール袋に入れ、誰かが見ていないことを目の端で確認しながら母親に渡した。誰がどんな嫉妬をするかわからないからねと、アンジェルが私に言ったことがある。さりげない様子でビニール袋を受け取った母親はゆったりと、あぶらヤシの枝で作られた庭の囲い柵から出て行った。

書類を書くジュールのすぐ近くで、ジュールの父親は寝椅子に仰向けに寝そべっていた。上半身は裸で、土で汚れたハーフパンツを履いている。朝早くバイクで農作業に出かけていたが、さっき、バナナを担いで帰ってきたのだ。

仕事を終えた後の緩みきった空気をまといながら、ジュールの父親は時々目を開けて聞く。

「そこにいるか」

「ここにいるよ」

私は答える。すると彼は、満足気にまた目を閉じる。

相変わらず陽は翳ったままであたりは奇妙に青かったが、蒸し暑さだけは変わらなかった。虫の鳴く声がする。竈の薪が音を立てる。家族が、するどい声を上げながら話している。喧嘩のように聞こえるが、ただの噂話だったりする。大仰な身振り、張り出される声。ここでは、夜眠るとき以外は、食事も昼寝も外でする。そんな生活がこの演劇的な物腰と関係があるのかもしれない。壁に囲まれることに慣れた肉体とは異なり、身体が外へ広がろうとしているようだ。

しばらくして、ようやく昼の食事が出てきた。ジュールの母親が売っている冷えたギーと揚げ魚だった。さっきアンジェルがウォーと言ったのは、晩御飯のことだったらしい。同じとうもろこしの粉から作られた主食でも、発酵食であるギーは冷めてから食されることが多い。出来たてのウォーを待っていた私のお腹は少し落胆した。温かい食事は、どんなに暑い陽気でもご馳走なのだ。私は、手でギーをちぎり、緑唐辛子とトマトと玉ねぎを磨り潰したソースをつけながら食べる。飲み込むと、少し酸味のある滑らかなギーがつるりと喉を通り過ぎていく。これはこれでおいしい。不満を忘れて、指を舐める。

お腹は膨れ、椅子に座ったまま地面を這うような心地でたゆたう。とりあえず散歩にでも出かけようかと思いながら、身体に根が生えたように動けなかった。もう二時を過ぎている。今は妙に曇っているようだけれど、いつ頭から殴りかかってくるような陽射しが出てくるか油断できない。この土地では役所も学校も、午後の始まりは三時からだ。太陽ほど立派な怠惰の理由になるものはない。赤道に近い国々では、太陽の光は射すものではなく、殴りかかってくるものなのだ。

ジュールの携帯電話が鳴った。ジュールが少し話して電話を切った後、藁屋根の下に新たに集まり、私同様、とりとめもなく漂うようにしていた近所の人たちは、電話の相手や内容をうかがうように彼を見た。

「町にいる弟が、病気になるから、太陽を直接見続けないように気をつけろ、って電話をかけてきたのさ」

ジュールは言う。太陽を見つめ続けると目が傷むなんて、わかりきった話だ。わざわざ電話をかけてくるほどのことだろうか。

あ、と私は小さく叫んだ。そうだ。今まさに起きているはずじゃないか。私は慌てて立ち上がり、藁屋根の下から出て空を見上げた。

日蝕はほとんど終わっていた。円の端だけわずかに影があったが、見ているとぐんぐんそれもなくなり、すぐに太陽はただの円になった。光が溢れてきて、眼球へと注ぎ込まれる。暑苦しい、午睡時間の太陽。もういつもと変わらなかった。

私はがっかりした。また、見逃した。

「なんで早く教えてくれなかったの」

クッションの置かれた柔らかい椅子にもう一度座り込み、ジュールに文句を言ってみると、

「母がみんなに言っていたじゃない。聞いてなかったのかい？」

と笑いながら返された。

そうか、ジュールの母親が庭で人々に声をかけていたのは、太陽が喰われ始めたことを伝えていたということか。

「なんでそんなに見たかったのさ」

諦めきれない顔つきの私にジュールが聞く。日蝕に対する憧れを説明できる気がしなかったので、

「だって不思議じゃない」

とだけ、私は答える。

＊

日蝕というものを、わざわざ見に行く人がいるというのを初めて知ったのは、山科さんが今度の休みはグルジアに行く、と言った時だった。大学の同じゼミで一学年上だった山科さんは、大手の運輸企業で働き始めて三か月ほど経っていた。私たちはキャンパス近くの洋食屋でビーフストロガノフを食べていた。彼の卒業論文のテーマはどこかの国のインディーズ映画についてだった気がする。映画ばかり観たせいなのか、彼の目はフィルムにつく細かく薄い傷のように細くなっていた。目ばかりではない。スーツを着ても、繊細でもろく、かつ尖った佇まいの身体の輪郭は相変わらずだ。働くのは好きだ、と山科さんは言う。みんなと同じ格好で四角いビルの中にいると安心する。だから、休日でもスーツを着ているんだ。今日はどこかに行こうと思ってふらふらと歩いていたら、気づいたら大学街にいて、何となく君に電話してみた、と言う。

山科さんの姿はどこか安定を欠いていた。疲れているのかもしれなかった。けれど、小動物が巣を失くして戸惑っているようにも見えた。そして突然、細い目で私をまっすぐに見ると、皆既日蝕が見たいのだと言った。

「ほら、先生の『日蝕狩り』読んだ？　それでどうしても行きたくなって」

ゼミの先生が書いたその本は、「アインシュテュルツェンデ・ノイバウテン《おのずから内部へ崩壊していく新建築の群れ》」というベルリンで生まれたインダストリアル・ミュージックのバンドについてのものだった。

闇に裂け目ができた
ちいさい鎌の刃
メスで切ったほどの、かすかな

陽の最後の活動が失せる
灯芯がふっと消えるのに似て
いま円盤《ディスク》が円盤に打ち重なり
ぼくの心臓を砕く。

リリ、リリリリ見たいのは
ほんとうの皆既日蝕を一度だけ
all I really, really want to see
is a total eclipse of the sun

本の冒頭には、彼らの「皆既日蝕」という歌が引用されている。けれど、声と崩落、ベルリンのミュージシャンについての書物と、実際に聞きなれない国に日蝕を見に行くことの間には、随分と開きがあるように思われた。

「ほんとうに一度だけ、見られればね、何かが変わるかもしれない」

山科さんは慎重な面持ちで言う。鈍く錆びたスプーンの持ち手に、長い指が居心地悪くまとわりついて、ご飯とストロガノフをかき混ぜる。

その指が一度だけ私の腕をつかんだことがある。彼の卒業の半年ほど前、いっしょに新宿で飲んでいた帰りにホテルに誘われたのだ。彼は、ホテルで彼の皮膚を切り刻んでみないかと言った。一度してみたかったんだ。自分に映画のフィルムのように傷をつけられたら、どうなるか、興奮するか、確かめたいんだ。

私は曖昧に頷いた。人に細かい傷をたくさんつけて興奮するかを確かめたい気持ちは私にはなかった。けれど、細い傷からじんわりと血が浮かぶのはきっと綺麗だろうと思った。彼はその長い指で私の腕をつかみながらコンビニまで行った。

一軒目でカッターナイフは見つからなかった。酔いの混じったような生温い空気の中を泳ぐようにして私たちは歩いた。ネオンが揺れ、視界の中を流れて行く。二軒目でもなぜか見つからなかった。店内の冷房が頬を冷やすと、ふっと醒めるものがあった。菓子のパッケージが蛍光灯の光の下で寒々と、そしてはっきりとした輪郭を作っている。

「よそうか」

私が言うと、山科さんは裏切られたとでもいうような顔をした。

「そんなことしたって、どこに行けるわけでもないし」

「それは、試してみないとわからない」

しかし私には、彼の欲望と自分の興味の行く先に横たわる白々しい景色がすでに見えているような気がした。傷を作って快楽に溶かすには、彼の欲望も私の興味もあまりにも中途半端だった。

「やめようよ」

もう一度私は言った。山科さんは少し食い下がったが、すぐに諦めた。きっと彼にも、同じような景色が見えたのだろう。それは少し悲しいことのようにも感じたけれど、仕方のないことのようにも思えた。躓いたような気持ちだけが残ったが、じゃあやってみたら良かったという気にもならなかった。

そして今、ビーフストロガノフを食べながらグルジアまでどのように飛んでいくかを話す山科さんを見ながら、彼が何も諦めていないのがわかった。山科さんは自分の身体を傷つける代わりに、天体が傷つくのが見たいのかもしれない。そしてそれを実際に見て、自分がどうなるのか、確かめてみたいのだ。それは、おのずから内部に崩落していく《アインシュテュルツェンデ》よりも健全な欲望だと私には思えた。

昼時で洋食屋は少し騒がしくなって来たけれど、特に話し合うことが多くない私たちには、それはちょうどよい雑音だった。

「グルジアにはビーフストロガノフはあるのかな」

私は聞く。

「さあ、グルジアだからね」

山科さんは答える。

何も始まらなかったし、何も終わらなかった。

それ以来、山科さんには会っていない。

＊

闇の裂け目。

そんなものは見たことがないのだった。

＊

次に日蝕を追う人たちに出会ったのは、私が転勤で鹿児島市内に住んでいる時だった。鹿児島県のトカラ列島の一つ、悪石島では、その年の皆既日蝕を世界で最も長時間見ることができるという。そのため人口七十人ほどの島は突如、名前の奇妙な響きと共に有名になっていた。自分でもどんな風の吹き回しか、行ってみようかなと思った。

悪石島には、それ以前にも一度だけ行ったことがある。特に理由があったわけではなく、遠くの場所の生活の匂いを感じたかっただけだった。三日に一度出るフェリーにぶらりと乗って着いた島は静かで、太陽が地面を焼く音が聞こえそうなほどだった。坂道ばかりの島に、人影はない。漂うのは潮の香りだけかと思ったが、少し歩くと木が生い茂った広場があり、濃い緑の匂いに満ちていた。

泊まったのはおばあさんが一人で経営する宿だった。民宿というより、田舎の親戚の家という雰囲気で、畳の上のテーブルには食べかけのおかきや耳かきや輪ゴムが雑然と乗っていて、それが妙に気分を落ち着かせた。夏休みの真っ只中だったけれど、他には、ボゼ神の祭を調査している長期滞在の大学院生がいるだけだった。食事の準備も、片付けも、彼がせっせと手伝うので私も一緒にした。おばあさんもそれが当たり前のような顔をしていた。

何日か滞在した後、その青年が、隣の民宿の自動販売機で買ったジュースを隠して宿に持ち込んでいることに気づいた。ボトルを捨てる時もおばあさんに見つからないように隠して出て行く。どうしてかと聞くと、おばあさんが自動販売機の存在を嫌がってるから、と真面目そうな彼は答える。なんで嫌がるんですか、と聞くと、だってここの宿にはそんなものないからさ、と少し困ったような顔で言う。彼の腕の中のコカコーラのボトルを見ながら、島暮らしはのんびりだけでは済まないのだろう、とぼんやり思った。

しかしそれでも、島で生活するということに、ほのかな憧れを感じてしまうのだ。またあのときのおばあさんの民宿に泊まって、広場に寝そべって、日蝕の空を見上げられれば素敵だろうな、などと思いを馳せた。しかししばらくして、それほど軽々しい話ではないらしいというのがわかってきた。飲料水や食料、そして下水施設の限られた島に人が詰め掛けることを見越し、市が入島制限を設けるらしいこと、また、ツアーの参加は抽選で、かなり高い倍率になるらしいこと、そして実に狭苦しい滞在を強いられる割に、費用は海外のリゾート地に行くよりもずっと高いこと、そんな話が地元の人びとから聞こえてくる。曖昧な憧憬など入る余地はなさそうだった。そんなわけで、日蝕の話はいったん私の頭から閉め出された。

その後、悪石島の隣の島、諏訪之瀬島で何かのイベントがあるらしい、と、鹿児島の出版社に勤める友人に誘われて、たまたま予定が空いていたのでついて行くことになった。それが若い人たちが企画した日蝕プレイベントであるとわかった時、再び空を穿つ黒い穴が頭に浮かんだ。

フェリーが島に近づくと、深い緑色の火山が、白く灰色の噴煙を上げているのがわかる。江戸時代には噴火によって全島民が避難したため、無人島の時期があったという、今も活発な火山、御岳を中心とする島だ。船が港に着き、住人五十人ほどの閑散とした集落を横目で見ながらキャンプ場へと続く坂道を登る。両端に生い茂った竹がさざめくような音を立てていた。こんなにアクセスの悪い島にキャンプをしに来る人も限られているだろうと思ったが、辿り着いたのは短く刈られた芝が広がる、存外に立派なキャンプ場だった。若い人たちが今夜のイベントの設営をしていたので、友人と私は、主催者らしい女性が大きなスピーカーを組み立てているのを手伝うことにした。

「これ、どういうイベントなの？」

私が聞くと、

「知らずに来たの？」

女性は少し驚いた様子で笑った。

「悪石島のね、お金儲け優先みたいな取り組みじゃなくて、日蝕を見たい人たちがみんな、もっと自由に見られるようなイベントを作りたくって。今回はその先がけ」

女性は説明した。タイダイ染めのシャツを着て、長いロングスカートをはいていた。ほっそりした腕にはバングルが幾つもつけられている。二十五、六歳くらいだろうか。このようなイベントの経験者なのだろう、手慣れた様子だった。

「諏訪之瀬島は、それにふさわしい背景を持っているの。なにしろ、ゲーリー・スナイダーが

『聖地』と呼んだ土地なんだから」

彼女は、手を止めてキャンプ場のすぐ後ろに広がる緑の火山を振り返った。山の頂には雲とも噴煙ともつかない白い靄がゆっくりと動いている。

「ここにはね、深く、尽きないエネルギーがあるのよ。人間なんて吹き飛ぶよ」

淡々と落ち着いた口調だったが、その言葉には少し弾んだ響きがあった。

ここは六十年代、はしけ作業をする若い島民が足りずに困っていた村人に招かれて、いわゆるヒッピーと呼ばれる人たちが多数入植した島なのだと、続けて彼女は言った。彼らはヒンドゥー教や仏教に影響を受け、自給自足をモットーにしたコミューンを作っていた。アメリカの詩人ゲーリー・スナイダーも一時はこの島に住んでいて、七十年代、ある大企業がリゾート開発を計画した時に起こった反対運動の精神的支柱にもなったのだという。

陽が静かに暮れて、イベントが始まった。島の人たちも集った公民館では、コミューンの時代の記録映像が上映された。自然の中で裸に近い格好でヨガをしたり自炊したりする昔の映像に、多数派の文化に馴染みきれずにこんなところまでやって来たのであろう若者たちは盛り上がった。ここはかつてカウンターカルチャーの聖地だった。今だってそうであって何が悪いだろう。

しかし、六十年代に移住してきた人たちと島民との関係は、それほど単純なものではないようだった。そんな都会の若者と、離島に住む住民との間に軋轢が生まれるのは当然だろうし、リゾート計画が持ち上がった時には、島民の中にも賛成派と反対派が生まれて、かなり複雑な状態になったこともあったらしい。コミューン解体後も住み続けた人たちは、そのわだかまりを長い時間かけて溶かしてきたというのだから、単純に懐かしいと喜ぶ島民がいる一方で、公民館に集まった若者たちの無神経さに怒りを示す人もいたのは当然かもしれなかった。

なんにせよ、パーティーだった。陽は暮れて、火山は闇に溶けた。低いビートがスピーカーから掻き鳴り、輪郭が曖昧になった身体に感染していく。アルコールで弾む若い人たちの頭が、打ち込みの打楽器の音に同期して上下に動いた。春の夜風はまだ冷たかったが、人々に混じって踊ると、みるみると身体が汗ばんできた。私は、友人から少し離れたところで地べたに座り、しばし休むことにした。地面の冷たさが気持ちいい。気づくと、昼間に少し話した関係者らしき女性が私の横に座っていた。彼女は黙って踊る人たちの影をしばらく眺めていたが、そのうちに、ところどころが剥げている芝生の上に落ちていた木の枝を拾って地面を削り始めた。木の枝を手前にぐっと引くと地面の草は引き剥がされ、黒い筋ができる。その真ん中に枝を突き刺して、周りを広げるようにして穴を作っていく。お酒でぼんやりした頭で、私がその様子を見ていると、見られていることに気づいたのか、

「小さい時ね、いつも掘りたいなって考えてたんだよね」

と、突然彼女は話しはじめた。こちらを見ようとせず、地面を見続けていたので独り言のよ

うにも聞こえた。

「私、育ったの、マンションの十階なんだけど、いやなことがある度に、地中に行きたかった」

彼女は木の枝を右手でしっかり握り締め、地面に突き立てる。そして枝を回しながら土を掘り起こした。浅い穴から土の湿った匂いが広がる。

「ひどいことする父親を捨てて、それを見てるだけの母親を捨てて、マンションの下の階もその下の階も突き破って、暗い地中をずっと一人で掘って、どろどろのマグマまで行くの。身体はきっと一瞬で溶けてなくなるけどね、それでも掘って掘って、掘り続けてね、そしたら、いつかアフリカに辿り着いて、全然新しい人間になるの。そんなことを考えてた」

彼女は相変わらず淡々とした口調でそう語った。その間ずっと土を掘り続け、その穴は少しずつ黒く、深くなっていった。真剣な眼つきで掘り続ける姿は、何かに怒っているようにも見えた。私は、どのように相槌を打てばいいのかわからなかったので、ぼんやりした頭で穴が広がっていくようすをただ眺めていたが、やがて彼女は手を止めて、木の枝をぽいっと投げ捨てた。そして、くすくす笑い始めた。

「なんでアフリカなんだろうね」

「なんでなの？」

私が聞くと、

「わかんないよ。きっと絵本か何かで読んだんだよ」

と彼女は答え、こう言う。

「あんまり強く思ってたから、てっきりそうなるものだと思っていたのに、おかしいね、私、今もまだ十階のあの家に住んでいるの」

そして、彼女は咳き込むようにして笑い始めた。酒と音楽がそうさせるのか、その後もずっと笑い続け、その挙げ句、苦しそうにしていた。やがて少し落ち着くと、持っていたプラスチックのコップに入ったお酒を一気に呷り、立ち上がった。

「ところでねえ、さっき言ったの全部嘘だよ」

彼女は言う。

「そうなの?」

私が聞くと、彼女はまた笑う。そしてふらつく足で人波を割りながら音の中へと入っていき、空間の真ん中で激しく揺れはじめた。

日蝕プレパーティー。

なぜ日蝕がパーティーと関係があるのか釈然としないものはあったが、天照大御神が岩の中に身を隠したときも、やはり神々は宴を開いたのだった。そして今、静かな島に音が降り、どこかでタバコだかハッパだかの煙がくゆり立ち、若者たちは酔う。太陽が消え失せたという驚愕と恐慌の中で、神々は宴を本当に楽しめただろうか、と轟く音の中でふと思う。

それでもみな、踊っているのだった。太陽が少しずつ無となり、闇の裂け目へと崩落していく情景をイメージする。鳥が鳴くのを止め、誰もが声をあげる。自分たちが全く関与できない大きな動きに、打ちのめされたいという欲望。それは、地面の中をどこまでも深く掘っていきたい欲望と似ているだろうか。私も立ち上がり、何かを待ちわびながら熱を持って踊る人々の中に入っていった。

翌朝、白々とした光を感じて芝生の上で眼が覚めると、空気は一気に静かな島のものに戻っていた。夢でも見ていたようだった。島民は怪訝そうな様子で、とぼとぼと荷物をまとめる若者たちを見ていた。キャンプ場にも、船に乗り込む乗客の中にも、昨日の女性は見当たらなかった。島帰りの船内は疲れた気分が支配していて、時々日蝕について話す乗客がいたが、昨夜の熱は消え失せて、まるで何か全く別のものについて話しているかのようだった。私は穏やかに光る海面を見ながら、なんだか日蝕はすでに終わってしまったような気がしていた。

そして後日の日蝕本番では、トカラ列島全体への船便がコントロールされ、金も権力も持たないよそ者などが入る隙はないので、結局彼らは大隅半島あたりでパーティーを開いたらしい、と後から人づてに聞いた。そもそも当日のトカラ列島の天候は大荒れで、参加者たちは避難を迫られて観測どころではなかったらしい。大隅半島にも、鹿児島市内にも雨が降った。私は勤務先の

hahaha

＊

私ががっかりした様子をしているので、ジュールは笑い、周りの人に私のことを何かささやいた。周りの人が、白い人《ヨボ》はそんなものなのさと答えた。

「からかっているの？」

私は少し不満に思い、聞いた。ジュールは違うよ、と驚いたように首を振る。

「でも、私の話をしてたよね？」

ジュールは思案深げな顔つきをしながら、こちらに向けて上半身を前のめりにした。

「君たち白い人《ヨボ》は、どうしてそんなことをするんだい」

彫像のような頭をかがめながら、上目遣いで探るように私に聞く。

「何のこと？」

「太陽を隠すってやつだよ。君たち白い人《ヨボ》が、なにか機械のようなものを使ってやってるんだろ？　どうしてそんなことをするんだい？」

私は最初、彼が何の話をしているのかよくわからなかった。ジュールは小学校の先生という村一番のインテリだ。いつも少し深刻そうで、少し回りくどい。

「前にもそういうことがあったんだ。君たちが月に行ってから、目が赤くなる病気が流行った。月から病気を持ってきたんだ。君たちは一体どうしてそういうことをするのだい？」

少し間をおいてようやく、これは日蝕の話なのだと気づいた。どうやら、この空の上の出来事は、「白い人《ヨボ》」の仕業ということで、村の人たちにとっては納得済みのことらしい。白い人《ヨボ》たちは、強大な力を持って、わけのわからないことをするのだ、と。

私は急に、疎外感を覚えた。外国人でありながら、彼らと寝食を共にする家族のような存在から、一気に理解を超えることを企むわけのわからない連中の側に寄せられたように感じた。私は少し焦りを感じ、日蝕は自分たちの行為とは何の関係もないことなのだと説明した。

「それじゃ、君たちのせいじゃないんだね」

ジュールがまだ少し疑いを隠せないといった表情のまま念を押す。

「私たちとは何の関係もない」

私はきっぱりと言う。本当だろうか？　たぶん。少なくとも、私とは。月に行ったことと、目が赤くなる病気は、何かロマンチックな関係がありそうに思えたけれど、それは口に出さなかった。ここで余計な誤解を招きたくない。

ジュールは私の言ったことを他の人たちに説明した。みんな、感心するように頷いていた。

「でも、じゃあなぜ太陽が隠れるんだ」

「それは、自然現象なのよ」

ジュールは、あまり納得していないように見えた。私も、だんだんと自分が嘘をついているような気分になってきた。気を取り直すために、村の人たちが次の家に向けて去っていく時に私も立ち上がり、散歩に出かけることにした。

太陽の光は何ものにも遮られることなく、そこかしこを照らしつくしていた。焼けたような赤茶けた色の土は前日の雨でバイクの轍の形に整形されて、彫刻のように固まっている。日曜日の昼下がり、道に人気はなく、その道の両脇には、雑草が人の背丈より高く生い茂っている。

隣の村まで歩くと、大きなスピーカーから太鼓の音が流れてきた。どうも教会の礼拝中のようだった。私は礼拝者の出入りを見越して教会の近くで待っている物売りの女性から厚揚げを買って、そばにあった低い腰掛けに座って食べた。煮た大豆をすり潰して揚げて作った厚揚げは、日本のものより身が詰まって固い。唐辛子をせがむと、白い人《ヨボ》が唐辛子を食べると彼女は喜んで、水までくれた。

「あなた、フォン語を話すんだから、ここで結婚してここで子どもを産みなさいよ」

突然、彼女が言う。

「私、もう婚約しているの」

私はうそをつく。

「どこで」

「日本で」

「そんなのうっちゃって、ここで結婚しなさいよ」

「あら、そんなことをしたら、私の夫になる人があなたを捕まえて、縛り上げてしまうわよ」

私が言うと、はじけるように笑う。そこにいた彼女の知り合いらしき人たちも手を叩く。大仰な笑いが空間を破る。

「この白い人《ヨボ》、フォン語を話すよ」

笑い声に釣られて近くの家から出てきた人に、彼女が大きな声で言いふらすと、その人もまた、試すように私にフォン語で聞いてくる。

「元気？」

「元気」

「夫は？」

「元気よ」

「ここで結婚しているの？」

「違う。日本で婚約しているの」

「そんなのうっちゃって、ここで結婚しなさいよ」

「いやよ、ここの男の人はいつだって女性を探してばっかり。私、やきもち焼きなの」

みんなが笑う。

笑い声に釣られて、また別の家から誰かが出てくる。私は、そろそろ潮時だと腰を上げる。ありがとう、またね。去りながら、私は「ありがとう。またねと白い人《ヨボ》が言った」と喜ぶ声を背中に聞く。

今まで何百回、同じことを聞かれただろうか。知らない人に小さな嘘をつくことにも慣れてしまった。独身です。もし正直にそう言ったなら、ここで結婚しろと、過熱する。なぜここで結婚しないいんだ？　黒いのが嫌なのか？　そうね、白い人《ヨボ》は結局私たちとは結婚しないのよ。黒いのが嫌いなのよ。私は急に落胆の種になり、あるいは小さな敵意の対象となったりする。

子どもの頃から自分は「黄色い人」だと教えられてきたのに、いつの間に「白い人」代表になってしまったのだろう。私は白い人としてここにいる。私たちは巧妙なシステムを作ったり、病気を月から持ってきたり、太陽を月に重ねてみたりする。そして、彼らが目を丸くするほどのお金をかけて、不思議な現象を見に、知らない土地に出かけて行くことをいとわない。

散歩から帰って、藁屋根の下の椅子に座ってぼんやりしていると、吼えるような男の声が響き始めた。曖昧な発音で、何を言っているのか定かではないが、それは間違いなく苦痛から発せられるものだった。湿気の具合で、身体が痛むのだろうか。その声は一週間に一度ほど、庭中に必ず響きわたる。

何度聞いても、その叫び声に慣れることはなかった。痛みと悲しみをむき出しにした声は、日常の地面をぐらぐらと揺する。感情をコーティングしたやりとりにすっかり慣れた私の肉体が、突き崩されていく。

耳を澄ましてみると、その声は、私も寝泊りしているジュールとアンジェルの家から、庭を挟んで反対側にある建物から発せられていた。同じ敷地にあるその家の扉は開いていて、中に人の気配もあるのだが、声の主の姿は見えない。空気を重く引き裂くような声が聞こえ始めても、私以外のみんなは、まるで気に留めることはない。ジュールは書類に目を通し、アンジェルは魚を揚げる。ミミは、嘘泣きを繰り返しながらアンジェルの後を追う。

「ねえ、この声はなに？」

村に来たばかりの時、思い切ってジュールに聞いてみたことがあった。みんなで中庭で夕食を食べている小一時間ほどの間、男の叫び声が続いていた。しかしジュールは黙って食事を続け、答えなかった。聞いてはいけないことだったのかなと思ったが、どうしても気になった。

「ねえ、これは誰の声なの？」

もう一度聞いてみると、ジュールはしばらく黙っていたが、その後ゆっくり顔を上げると、

「悪いことは、するもんじゃない」

とだけ言って黙った。含みのある言い方だった。たぶん、これ以上は踏み込めないのだろう

と思い、私は諦めて食事を続けた。

しかし食事の後、ジュールとアンジェルの家に戻ると、さっきの件だけど、とジュールは少しずつ説明してくれた。

叫び声を上げているのは、一歳年上のジュールの異母兄である。ジュールの父親には複数の妻がいたので、異母兄弟が多い。彼は三男で、ジュールは四男だった。少し年の離れた長男と次男は父親のパン屋を手伝っていた。パン屋は繁盛し、配達用の自動車を買うことができるほどになった。近隣の町に売りに行くだけではなく、首都近くにまで販路を伸ばしていたらしい。しかし、農業をしていた三男はその恩恵にあずかることはなかった。

「だから三男は、長男と次男を呪い殺したんだ」

ジュールは、私の眼を覗き込むようにしながら言う。唐突な話の運びに、私は驚く。

「なぜ、殺す必要があったの？」

「それは、嫉妬だよ。人が成功するのは嫌だろう？」

当たり前のことだとでも言うように、ジュールは答えた。長男は交通事故で、次男は病気で次々と亡くなったのだという。

「三男とその母親が一緒に企んで、殺したんだよ」

あまりに確信に満ちた言い方に、私は疑念を持つ。

「でも、どうやってそれがわかったの？」

「母親が全部白状したんだ。彼女と三男は、妖術師だったんだよ」

「……妖術師」

この土地では、妖術師が当たり前に実在するものとして語られる。病気や失敗は、よく妖術師の仕業とされていた。けれど、妖術師を実際に捕えた話を聞くのは、それが初めてだった。

長男と次男を呪い殺した嫌疑をかけられた老婆は、村の人々に森の中に呼び出され、鞭打たれたのだとジュールは語る。そしてその後に、みんなの前で自分と三男がどのように彼らを殺したのか、すべて告白したのだという。

「母親はもうとっくに亡くなったよ。三男は今、昔したことの報いを受けて、原因のわからない重い病気にかかっているんだ。あの叫び声は、その苦しみの声だ」

ジュールが首を振りながらまるで賢者のように言う。

「悪いことをすれば、自分に返ってくるものなんだよ」

アンジェルは、それに深く頷く。

「母親はね、残らず白状したの。私も見た。その後、すぐに病気にかかって死んだのよ。あの母親と三男はいつも夜遅くまでこそこそと話をしていたんだから。どうやって兄たちを殺すか、相談していたのよ」

アンジェルは勢いづいて言った。

「ひどい話だよ」

たまたま家を訪ねてきていたアンジェルの母親も頷く。いつもは穏やかなその声に、ただの相槌以上の力が籠められていたので、私は少し驚いて彼女の顔を見た。

「妖術師というのは、一滴すらも情けを持たないんだ」

アンジェルの母は続けて言う。歳をとり、痩せ細った彼女の眼が、煌々と光っている。身体が少し小刻みに震えていた。それはまるで、憎しみに打ち震えているかのようだった。アンジェルの母、あるいはその身辺に、妖術師による不幸な出来事があったのかもしれない、と私は思った。妖術師は、親族の中に一人は潜んでいるとされるのだ。男の唸り声が、時折りこの家の人々に、家族に起こった悲しい記憶を呼び覚ましてもおかしくはない。

私はその夜のアンジェルの母が見せた強張った表情を思い出しながら、夕暮れ時のぼんやりした空気に響く、ほとんど断末魔のような男の叫び声を、複雑な思いで聞いていた。それは、嫉妬から兄弟を呪い殺した男の当然の報いなのかもしれない。一方で、何もしていないのに村中から親子で妖術師扱いされた男の、深い恨みの声なのかもしれないのだった。

太陽の強い国の人びとは、陽気でストレスがなさそうだ、などと言う人がいるが、そんなはずはなかった。人々はいつかけられるかわからない呪いに怯え、同時に、目を爛々と光らせながら人を破滅に追い込もうとする妖術師に怯えている。悲しみと恨み、嫉妬が何層にも複雑に絡みあう現実を生きながら、その上で、笑い、踊り、親族や友人との紐帯を何度も解いては結びながら生活しているのだ。

藁屋根の下でそんなことを考えながら座っていると、

「そこにいるか」

と、相変わらずの格好で寝そべっているジュールの父親が、大儀そうに目を開け、いかにも眠そうなまま、私に声をかけた。

「ここにいるよ」

私が言うと、ジュールの父親は満足げに頷いた。そして、また眼を瞑り、半分眠りにつく。

時々、近所の人が庭に来ては、何かしら雑談めいたやりとりをしては去っていった。

「散歩かい?」

「散歩だよ」

そう、家の敷地中を低く駆け巡る断末魔のような叫び声を、村の人は日常生活に溶かしながら過ごしていく。

＊

気づけば、空気が青く染まり、地面は暗がりに溶けた。いつの間にか雄叫びは止んで、木の実が落ちる音が聞こえる。缶詰の空き缶を加工して作った灯油ランプが、あたりをオレンジ色に照らす。光はそれほど遠くに行かないまま暗がりに吸収されるので、前に座るジュールの顔は、うすぼんやりとしか見えない。

立ち上がり、藁屋根の下から出て空を見上げてみると、雲のない空に星がおびただしく張りついていた。

私はこの土地に伝わる民話を思い出す。

太陽と月は友達同士だった。

ある日、月が言った。

「お互いの子どもをすべて、井戸に落として殺してしまおう」

太陽はいいよと言った。それで太陽はとうもろこしの袋に、自分の子を一人ずつすべて入れた。しかし、月は自分の子を一人だけ袋に入れて、あとの袋には石や木などを詰めた。袋はすべて井戸に落とされて、太陽の子は水の中でみな、死んだ。月の子は一人しか死ななかった。

太陽は月が裏切ったことを後から知り、猛烈に怒った。それ以降、太陽と月は昼と夜に分かれて住むようになった。そして、太陽はいつも月を追いかけている。

それから、星のことを「月の子《スンビ》」と呼び、魚のことを「太陽の子《フエビ》」と呼ぶようになった。

太陽が子どもたちを井戸に落としたこと自体よりも、月がそれを提案し、太陽が受け入れたことに、背筋が糸で吊り上げられるような気持ちになる。

なぜ月はそんなことを言ったのだろう。

「太陽の子がたくさんいて、暑かったんじゃないかな」

首をひねりながらジュールが言った。

私はなんだか納得がいかなかった。すると彼は、散歩に来た人に同じことを尋ねた。

「太陽の子がたくさんいて、暑かったからじゃないかな」

やはり同じことを言う。

私は太陽とその子どもたちでひしめく空を思い浮かべる。その時、世界は焼けるように暑かったのだろうと思う。

「月は、土の上に生きるものたちのために、子どもたちを殺すことを提案したんだよ。そのまじゃ暑くてみな生きられなかったからね」

横でやりとりを聞いていたジュールの母親が口を挟んだ。

「怒った太陽は時々、月に追いついて捕まえたりするし、月だって追いかけられるだけではなく、太陽を捕まえたりもした。だから、私たちそのたび、空に向かって歌ったもんだったよ」

ジュールの母親はのんびりとした口調で説明した。この土地ではかつて、日蝕の日は村全体で集って、木の棒と壊れた鍋などでガンガンと音を鳴らしながら、「月は太陽を放せ」と歌ったのだと言う。解放されなければ、世界は闇に包まれる。だから、村の長老たちは若者たちが大きな音を掻き鳴らし続けるように励ましたのだと、懐かしさを込めるようにして、ジュールの母親は付け加えた。確かに、ここの言葉で、日蝕は「月が太陽を捕まえる《スンウィリフェ》」と言う。

今、解放された太陽はすでに姿を隠し、引き締まった夜の風が肌をなでる。肌寒さからというより、恐るべき勢いで腕を刺す虫から肌を守るため、私は長袖の羽織るものを家の中から取ってくる。星はどこまでも見える。村に電気は来ていなかった。けれども、本当の暗闇というものを経験することはほとんどなかった。大抵の時、星か月が光を与えてくれるからだ。

藁屋根の下で、ジュールと子どもたちが座り、食事を待っていた。夕食の時間は、いつも眠る直前だ。アンジェルは竈の前で立ったまま、少し背を曲げていつまでも料理をしている。ジュールは携帯電話を使ってラジオを聴いていた。葬儀で歌う伝統的な歌を、早めのテンポにアレンジした曲が流れてくる。

子どもがいれば火が消えない
大きな息子が薪を持ってきてくべる
自然がつけた火は消えたりしない
子どもがいれば火が消えない

尻を振れ
見るぞ
きれい

セックスを振れ
見るぞ
きれい

ここの人たちが肩と腰を動かしながら踊ると、私は魔術をかけられたように、その肉体の動きから目を逸らすことができなくなる。インドやアラブの国々で感じる、包み隠したような神秘的な雰囲気はない。あるのは、筋肉質な男性たちの身体、臀部にずっしり贅肉を持った女性たちのはじけるような肉体。重心を下げ、土を踏みしめるように踊る姿は、存在が迷いなくここにあることを誇示するかのようだ。そのエネルギーの強さ、圧倒的な現実感に時々眼がくらむ。

ラジオからは、歌に続いてニュースが流れた。今日は日蝕でしたというアナウンスの次に、日蝕を専用のメガネを通して見たという首都の子どもたちへのインタビューだ。

「とっても暗くなって、太陽がなくなった」

「不思議だった」

おそらく少し裕福な彼らの声は、無邪気な響きとは裏腹に、何かを読み上げているような調子を帯びている。賢げで、飼い馴らされたようなその声は、自分のよく知る文化のものとどこか似ている気がした。日蝕？　それは滅多に起こらない価値ある自然現象なのですよ云々。

藁屋根の下から出て空を見上げると、数え切れない星が、無軌道に伸びる木の枝の葉々を縁取っている。木々が、星が、虫が、夜が、ここに確かに存在する、静かな、だが圧倒的な気配が感じられた。

「そこにいる？」

アンジェルが声をかけてくる。

「ここにいるよ」

私は答える。

日蝕は、本当に白い人《ヨボ》が作り上げたものなのかもしれない、とどこかで思い始める。そして
それはさして重要なことでないのだ。

藁葺き屋根の下に戻ると、ジュールが顔を上げた。

「なんだか嬉しそうだね」

「そうかな」

アンジェルが夕飯を運んできて、私はそれを食べる。温かいとうもろこし、揚げた魚《太陽の子》、あぶ
らヤシの実で作ったソース。

「外で何をしていたの？」

ジュールが食べながら聞く。

「空を見てた」

私はやはり食べながらそう答える。

「月の子？」

「そう。月の子」

夜を喰う

――私は寝息を立てて眠り続ける自分の身体を一瞥した後、家を出た。庭の木の枝に、梟がすでに迎えに来ていた。私は近づき、その上に被さる。すると、自分の身体が梟になった。足に力を込め、暗い夜のとばりに身体を投げ込むと、羽根が湿った空気を孕んで、私は空を飛ぶ。村の家々のトタン屋根を飛び越え、小学校の上を横切り、聖なる森の木々の間をかきわけて、道路の脇に堂々とそびえるイロコの木の枝まで来ると、私はそこに止まった。そうして、梟の身体を離れ、険しい樹皮の中へと身を沈めていった。

いつ月と太陽が空に昇ったのか、私は知らない。子どもをすべてなくした太陽の長い恨みは土を焦がして赤くしたが、月はいつまでも子に囲まれて涼やかな顔をしている。しばしば憎しみの塊のように思われる私が、その焼け焦げた土から生まれ出たように人は言うが、私は夜の子どもである。夜を飛び、人を喰う。月はいつもその所業を感情のない光で見ている。いったい月に何が言えるだろうか。私たちは反転して、世界はいつもさかさまだ。

*

「今日のご飯は何かな」

庭の藁葺き屋根の下で座っている白い人《ヨボ》が聞く。昼下がり、熱で空気が緩んでいる。藁屋根の下で、私の娘アンジェルの夫ジュールは、勤め先の学校の仕事が残っているのか、白い紙に何か書き付けている。孫たちは、藁屋根を支える柱にぶら下がったり、お互いをつつきあったりして、時々、甲高い声で笑っていた。一番末っ子のミミだけが、母親アンジェルの気を引こうと泣くように唸る。白い人《ヨボ》は、私たち同様日陰で座りながら目を半分閉じ、ぼんやりしている。

「ウォーだよ」

娘は白い人《ヨボ》に答える。魚を揚げるためにおこした炎から舞い上がる灰が、彼女の髪に張りつく。村ではまず見かけることのない黒色と黄土色の付け毛が後頭部で編み込まれた、艶やかで美しい髪を守るため、アンジェルはスカーフを頭に巻きつけた。

娘はスクーターで町まで行って、市場の横の魚屋で冷凍魚を仕入れることもできる。彼女以外に、スクーターを持っている女はこの村にはいない。そして、村の一軒一軒からかたつむりを愛想よく買いつけて、辛みの効いた串を作っては、首都の市場で売りさばくこともいつの間にか覚えた。そしてこの家の軒先の質素な店以上に多くの商品を取り扱っているところは、村では他にないのだ。アンジェルが、村の女性たちより少しばかり豪勢な髪型をしているのは当然だった。七人の子どもの中で一番しっかりしているね、と今は亡き夫の母がよく言ったものだった。

幼い時、アンジェルはどちらかというと内気で、大人たちの前では一言も話せないような子どもだった。三番目に生まれた彼女は、兄と姉から、水汲みや農作業の手伝いを度々押し付けられていた。おとなしいアンジェルは少し不満そうな顔で、けれどそれを黙々とこなしていた。そんな風に手のかからない子どもだったが、一度だけ病気にかかったことがある。

それは、彼女が髪飾りを作るために道で拾い集めいていたビーズを、私が掃除の時に捨ててしまった時だった。娘は珍しく大きな声を上げて泣いた。あまりしつこく泣くので、夫が彼女を木の棒で打つと、泣きはらした目の熱が頭にまわったのか、その晩から高熱が下がらなくなった。その後ひと月ほど熱が引かず、病院や薬草医に払うお金もすぐに尽き果てた。やせ衰えていく子どもに誰もが絶望し始めたころ、アンジェルの熱はふと下がったのだった。

あれはどうしてだったのだろうか。覚えていない。アンジェルは、夢から覚めたような顔をしていた。それから、彼女の性格はうって変わって快活になった。人々の前で朗らかに笑い、冗談を言い、そして家計を支えるために、自分から望んで市場で水を売り歩いたりもした。病気と共に、彼女を縛っていた悪いものも解けたのだとみなが噂した。痩せ細っていた娘は肥えはじめ、そしてその後、小学校の教師を勤める公務員の夫と結婚し、子宝にも恵まれ、自分で本格的な商いを始めている。夫は他の妻を娶ろうとも考えていないようだし、ふらふらと歩きまわることもしない。隠しているが、二人で町に家を建てようとしていることは誰もが知っている。

しかも今、アンジェルは夫と一緒に白い人《ヨボ》を家に招き入れている。その白い人《ヨボ》は、痩せて不恰好だったし、履いているサンダルも農民のように汚かったが、それでも縮れていない毛と明るい肌を持っていた。この村で、白い人《ヨボ》が滞在した家など今まで一度だってないのだ。「私の白い人《ヨボ》」と村の人たちに言う時のアンジェルの顔には、親しみとは別に誇らしさが浮かぶ。

彼女の自信に満ちて誇らしげな様子、自慢げなそぶりは馥郁たる香りを漂わせ、私の胃袋を刺激する。練りあがったとうもろこしの粉や、トマトを揚げる赤油のように、唾液をわかせ、私の目を細めさせる。そう感じるや、逃げるようにして私は腰を上げる。

「もう帰るの?」

アンジェルは聞く。

「また来るよ」

「お母さん、これ、持って行って」

アンジェルは、揚げていた魚を黒いビニール袋に入れて、他の誰かが見ていないことを目の端で確認しながら私に渡した。

「ありがとう」

よくできた娘だ。誰よりもほがらかで、誰よりも私を労わってくれる。肉付きのよい身体。周囲を明るく揺らすようなよく通る声。だからこそ、私はこの娘を殺さなければならない。

帰り道、翳っていた太陽が顔を出しはじめた。月が太陽を解放したのだった。陽光があたりに満ち始め、だんだんと強まる光が首筋に落ちてくる。

良心？　そんなものはとうに失くした。私はただ地面を見つめながら、逃げるようにして家へと足早に歩く。今なら子どもたちはまだ畑で働いているだろう。あの薄暗い、一人きりの空間だけが、私のやすらぎなのだ。

＊

音を立てて、闇は深まる。子どもたちがみな寝入った後、私は自分の霊が身体からすっと離れるのを感じた。霊が身体から自動的に抜け出るのは、今夜集会があるという意味だった。私は寝息を立てて眠り続ける自分の身体を一瞥した後、家を出た。庭の木の枝に、梟がすでに迎えに来ていた。私は近づき、その上に被さる。すると、自分の身体が梟になった。足に力を込め、暗い夜のとばりに身体を投げ込むと、羽根が湿った空気を孕んで、私は空を飛ぶ。村の家々のトタン屋根を飛び越え、小学校の上を横切り、聖なる森の木々の間をかきわけて、道路の脇に堂々とそびえるイロコの木の枝まで来ると、私はそこに止まった。そうして、梟の身体を離れ、険しい樹皮の中へと身を沈めていった。

潜り込んだ木の中には、ほの明るい広い空間が広がっている。私はその隅にある炊事場にいた。隣人のアシバが竈に薪をくべ、鍋を火にかけている。アシバの顔は昼の世界にいる時とは違い、眼の周りが赤く縁取られ、頬に黒い縦線三本が描かれている。頭の左右からは、牛の角がそれぞれ一本ずつ突き出ていた。

「遅かったね」

アシバが、低い声で言う。欠けた歯の間から、暗い闇が見えかくれする。

「みんな、なかなか寝入らなかったんだよ」

「そうか……。今日は給仕当番じゃないだろう？　早く、集会に入りな」

促されて炊事場を離れると、空間の真ん中で集会をしている人々の元に向った。四十人ほどの妖術師たちは、ぼうっとした赤色の明かりの中、土の上に何重かの円を描くようにして座っている。みな、ゆったりした布で作られたブーブー《貫頭衣》を着ていた。

円陣の一番外側に座っている人々の間に、私はこっそりと身を滑らせる。左横には、同じ地区に住む老人アクウェニョンが座っていた。普段は汚れきって灰色になった服しか着ていないアクウェニョンも、染み一つない白いブーブーを身にまとっている。老人は、顔の半分を黒く、半分を白く塗っていた。昼の世界で、くたびれて畑の傍に休んでいる時に比べると、ずいぶんと生き生きして見える。

一番内側の円陣には、位の高い妖術師たちがいる。彼らは、地べたではなく木で作られた椅子に座っている。いつもヤシ酒ばかり飲んでいる薄汚れたコジョは、真っ赤なブーブーを着て、首には呪薬を吊り下げている。昼の世界ではただの小娘にすぎないオディルは、顔すべてを黒く塗り、頭には牛の角を五本飾り、大きな椅子に堂々と身体を休ませている。普段はおどおどした機械工のエリックは、豹の毛皮を腕に巻き、身体をすべて白く塗り、不敵な笑みで蔑むようにみなを見ていた。

双子の母親である議長のシカは、凝った彫り物がなされた一番大きな椅子に身を乗せていた。シカの頭は人間だったが、首から下は大きな蛇であった。椅子の上には濃い緑色の胴体が何重にもとぐろを巻き、年老いた女の頭がその上でゆらゆらと空間に揺れていた。

「パメラがいるね」

同じく円陣の一番内側に、最近村に嫁いで来たばかりの女性が座っているのに気づいて、私は言う。パメラは白いブーブーを着て、顔を赤く塗り、傲然と構えている。

「ほら、最近、夫の父親とその兄を殺したからね。認められたのさ」

あとから私の右横に座ったアシバが答える。

そういえば、パメラの義父と義兄は、砂利の積載現場で事故にあって亡くなったばかりだった。私は恥に近い感覚を覚える。昼の世界では、やはりただ若くておどおどした態度のパメラが、夜の世界では着々と力をつけているのに、私は何をしているのだろう。いまだに、円陣の一番外側で、つい最近妖術師になったばかりの者と共に座っているだけなのだ。

「彼女は幾つのアゼカを持っているの」

「もう三十だって聞いたけどね」

「……三十」

アシバは私が驚くのを満足気に眺めた。

「あんたは幾つだったっけ」

私は、アシバの意地悪に応じる気がしなかった。私が、妖術の力の源泉となる瓢箪、アゼカを三つしか持っていないことを、アシバは知っているのだ。彼女だって、七つほどのアゼカしか持っていない。しかし、だからなのだろう。アシバはいつも私の横に座り、私のアゼカの数を聞いては小さな優越感を味わいたがる。

円の中心には、幼い少年が立っていた。まだ十歳にも満たないに違いない。場に慣れない様子で目をきょろきょろと泳がせていた。ちょうど紹介を終えたらしく、拍手を受けている。

「誰だい？」

私は、アシバを無視して、小さな声で横に座っているアクウェニョンに聞いた。

「フィリップだよ」

「誰が妖術を食わせたんだい？」

「フィリップのおじいさんだって」

老人は満足そうだった。

「若い者は見ているだけで幸せになるね、仲間ならなおさらだ」

私は曖昧に頷く。幸せなどというものはもう長いこと感じていない。仲間が増えるのは確かに安心だ。しかし、一方でそれは私に大きな焦りを与える。夜の世界における競争にまた一人加わったことを意味するからだ。

妖術師になった以上、もう昼の世界の中で安住することはできない。いつ誰に正体を見破られるかに怯え続けながら、生活しなければならない。その昔、ジュールの義兄の母が、森の中で血が吹き出すまで鞭打たれ、妖術師であると自白させられたことを思い出すと、私はいまだに身震いがする。この世界にいるから知っていたが、実際のところ、母親もその三男も妖術師ですらなかったのだ。あれは、ジュールの叔父、酔いどれコジョの仕業だった。罪を着せられた三男の母は、心身の痛みからすぐ病に倒れ、人々から白い眼で見られながら亡くなった。その息子もまた、たまたま奇妙な病気にかかり、今も週に一度は娘の家の庭に、苦しみ叫ぶ声を響き渡らせる。

仲間が捕まらなかったことを喜び、何の関係もない者に罪を押し付けた人々の間抜けさを嘲笑う者もいたが、私は、三男の母親のように、自分が妖術師として捕まえられ鞭打たれることを想像して、ぞっとしていた。村人たちが、一人の老婆を取り囲んでよってたかって攻撃していた情景が何度も夢に出てきては、夜中に私を目覚めさせる。繰り返されるそんな夢は、村人たちに対しての怒りすら抱かせた。なぜ、私は彼らにそこまで脅かされなければならないのだろう。

私は、自分が妖術師であるという気配を消すために、最大限の注意を払った。人々が集まるところでは努めて自然に振る舞い、食べ、話し、冗談を言う。そして、家に帰り一人になるとぐったりとする。その繰り返しで、昼の時間はあっという間に終わってしまう。

一方で、夜の集会も、心安らかなところではない。自分の地位を引き上げるために常に努力を強いられる。ここではアゼカを持たない者は、何の価値も持たない。所有するアゼカの数を増やすためには、知識と実践が必要だ。人を害して初めてアゼカは増えていくのだ。

知識を得るためには、昼の間にも妖術師の仲間と積極的に交流しなければならない。しかし、昼の世界で仲間と関わるのは、正体を疑われる可能性が増えることと同義なのだ。すでにそんな恐れを想像しては疲弊し切っている私は、危険を増やしてまで夜の世界の地位を高めたいと思わなかった。少なくとも、前回の集会までは。

その日の集会の最後、給仕当番だった私は、いつも通り他の妖術師たちに食事を配っていた。

料理をして配るのは、一番外側の円陣に座る、位の低い妖術師の役割だ。ここでは昼の世界での社会的身分など、何の役にも立たない。歳をとっていようが、男であろうが、円陣の内側にいる、多くのアゼカを持つ者に従わなければならない。

私は内側の円陣で椅子に座っている者たちに、ウォーとソース、そして肉の盛られた皿を配っていく。まず、議長であるシカのために跪いて皿を地面に置く。椅子に身を置くシカは、とぐろの上で揺れ動く頭を皿に伸ばして、深く皺の刻まれた口から、舌を突き出してウォーを掬い取って食べた。次に、普段は酔いどれのコジョに皿を渡した。コジョは皿の中の肉に眼を光らせながら無言で受け取った。次にその横に座る、姪のオディルにも食事を差し出す。オディルは、細い腕を椅子の肘あてにゆっくり置きながら、顎を突き出しながら皿を受け取った。

「少ないわね」

オディルが不満げに言った。私は驚いてオディルを見る。

金銭的に困窮する姉のために、その娘のオディルの高校の学費を、私の娘アンジェルも手助けをしていたのだ。昼の世界では、オディルは私の前に来ると、眼を伏せ、後ろ足を下げて挨拶したものだ。それなのにここでは、私の方がまるで小娘のようにオディルの給仕をしなければならない。私は黙って皿を引き取って調理場に戻り、自分の分の肉を半分に切り、オディルの皿に足してやった。オディルはその皿を礼も言わずに受け取った。

やっと全員分の給仕を終えると、私は自分の皿を持ち、地べたに座った。食べ始めると、すでに食事を終えたオディルが、私のところにやって来てうろつき始めた。

「なんだい」

私が聞くと、オディルは私の皿を覗き込んだ。そして、

「大きな肉ね」

と言ったのだった。オディルに肉を余分にやったため、自分の肉はオディルのそれの半分以下の大きさしかなかった。

「食べるかい？」

私は、怒りに唇を震わせながら聞いた。

「いらない。ただ、ずいぶん大きな肉を食べるんだなと思って」

分厚い唇の端に薄ら笑いが浮かんでいた。私は唇をかみ締めた。こんな無礼は、昼の世界ではとても許されないはずだった。しかし、私は何も言えなかった。それを聞いていた周囲も何も言ってくれなかった。オディルが四十一のアゼカを持つのをみんなが知っているのだ。ここではオディルの方が強い。屈辱のあまり、その肉が私の喉を通ることはついになかった。

この晩以降、いくつかの夜が過ぎ、今日の集会を迎えた。私は一つの決意をしていた。

「他に議論したいことはないか」

話し合いが終わる最後に、議長のシカが聞いた。私は手を挙げた。アババザフエ、と議長が私を指す。

「私はアンジェルを食べたいと思う」

夜の集会に出ることになって以来、ほとんど発言したことなかった私の意見は、小さなざわめきを与えた。

「アンジェル……？　どこのアンジェルだ？」

「アンジェル＝フンデヌ、私の三番目の子だ」

会場が少しざわついた後、拍手が起こった。

「彼女は、かたつむりを村人から安く買って、高く売ることで、自分の髪を整えるお金を荒稼ぎしている」

「彼女の夫が町に家を建てていると聞く」

「この前、道ですれ違った時、挨拶をしなかったよ」

「白い人《ヨボ》を家に住まわせて、偉くなったつもりでいる」

「物価のせいにして、小さな魚ばかり盛って売りつけるんだ」

賛成意見は次々と出た。最後に議長のシカが、

「それでは、アンジェルの霊を捕えることにする」
と宣言し、集会は終わった。その日の給仕係が立ち上がり、食事を配り始めた。食事を終えると、私は集会場の隅に生えている灰色の木のところに行った。木の幹には、白いものが縛られていた。それは、眠っているアンジェルの霊だった。私は、自分の娘がきちんと捕らえられたことに安心した。三つのアゼカしか持たない私でも、自分の発言を現実のものにすることができる。妖術師の会議での決議は、その力を増幅させる力があるのだ。彼女は死ぬだろう。そして私のアゼカは増えるだろう。

アンジェルの魂は、自分が囚われたことにも気づかず、寝息を立てていた。綺麗な肌のアンジェル。心の優しいアンジェル。けれど、そこには何の情も湧かない。そういうものはすべて、妖術師として初めて飛んだあの夜以来、失った。

＊

その年、私たちは腹を減らしていた。雨が降らず、とうもろこしが全く実らなかった。アンジェルがまだ小学校に行っていた時分のことだ。私は、それまでさほど親しいわけでもなかった人の家にも訪ねて行くことにした。誰が食事を分けてくれるかわからない。散歩を口実に、いろいろな人を訪ねた。そんなことはするべきでない、それもわかっていたけれど、背に腹は代えられない。そうした中で行き来するようになったのが、アシバだった。アシバはあまり評判が良くない女性だった。どうも呪術に傾倒しすぎているようだ、と人々は噂していた。しかし、子どもを四人抱えた彼女は、甥が首都の工場で働いているおかげで、食べるものには困っていなかった。私が散歩のついでにたまたま寄っただけ、というような顔をして訪ねてみると、時々はとうもろこしを分けてくれた。ある日彼女は、甥が日曜日にサパタ神に捧げ物をするが一緒に来るかと聞いてきた。何を捧げるのかと聞くと、鶏三匹と言う。肉などしばらく食べていなかった。私は行くことにした。

サパタ神の儀式は村はずれで行われた。サパタ神のヴォドゥンの前には、コーラの実やヤシ酒が供えられた。鶏の口から吐き出させた血も、ヴォドゥンにかけられた。儀式の後、私たちは食事をすることになった。まずコーラの実とヤシ酒が全員に配られた。私は、渋く苦いコーラの実を齧って食べた。そしてその実にこそ、妖術が入れられていたのだった。私は何も気づかなかった。別れ際に、上機嫌なアシバを見て、ただ親切な友だとのみ思ったのだった。

けれど、夜に目覚めて起き上がった私は、自分の身体がまだ寝そべっているのを見てすべてを悟った。私は、人間ならざるものになってしまったのだった。戸惑う私の元にアシバが現れた。手招きについて行くと、アシバは家の前にいた猫の身体の中へと姿を消した。

「早く」

アシバは言う。私は眼の前にいる梟を踏むように足を乗せる。するりと、身体が入り込む。アシバの入った猫は怖ろしい速さで地面を走り、屋根から屋根を駆けた。その姿を見失わないようにして飛んでいると、やがてイロコの木に辿りついた。

抵抗などはしなかった。する気も起こらなかった。身体は自然に、空を飛び、木の中につるりと滑り込んだのだった。木の内側は意外なほど明るく、広かった。そこにいるのは村で見ている顔ばかりだ。老いた者や、若い者、子どもすらいた。妖術師と噂されている者も、そうだとは想像すらしたことがない者もいた。私はみなに仲間として紹介された。そして集会で配られた食事を食べた。鶏肉の入ったソースとウォーだった。食べた後、アシバが来て、

「お前が食べた肉は、お前もよく知るエメの身体だよ」

と言った。私はアシバの目を見た。アシバは、私たちは友達だよ、と言って笑った。

次の日、工事現場で働いていたエメが事故にあって死んだのを聞いた。私はアシバに怒りは感じなかった。彼女はただ、人々が教会のミサに誘い合うように、友達を自分の世界に誘ったにすぎない。しかし、その夜以来、私はすべての喜びを失った。朝起きて、自分の子どもたちを見ても、以前のように感情が動くことはないのを知った。ただ、いつ彼らに自分の正体がばれるかが怖かった。彼らは今までのように、自分を母親だと思っていたが、もうそんな者はどこ

にもいなかった。私は、彼らが憎しみを向ける種族の仲間になったのだ。彼らがいつ、良い卜占師の元に行って私の正体を知ってしまうかわからなかった。世間の多くの親のように、子どもたちの成功を願う代わりに、私は彼らが卜占に行くような余分なお金を持たないよう、うまく失敗することを願うようになった。優しい子どもたち。けれど、そんなことは私と何の関係があるのだろうか。もう何ひとつ彼らに愛情を持てないのに、私は自分を脅かす者たちに笑いかけなければならない。彼らの前で自分を恥じ、彼らを恐れ続けなければならない。子どもたちは私たちの種族を一方的に嫌う。しかし、それはけっして私が望んだことではないのだ。人間が畑を耕して生きるように、私たちは人間に害を与えて生きなければならない。それが私たちの本性だからだ。人間が鶏を喰うように、私たちが人間を喰ってなにが悪いのか。

＊

次の日から、アンジェルは徐々に病んでいった。最初は、頭が痛いと言った。次に、手足が痺れると言った。そして、お腹も熱くて焼けそうだと言った。ジュールから、娘が病気だと電話がかかってきたので、私はすぐさまアンジェルを見舞った。

「お母さん、来てくれたの」

アンジェルは、家の中で寝そべりながら言った。絞れるほどの汗を額にかいた娘は苦しそうに顔を歪めた。

「可哀想に。とりあえず薬をお飲み」

私は庭に生えている草と、カメレオンの死体を煎じたものを娘に飲ませた。アンジェルはありがとうと言って手を握った。目が濁って虚ろだった。

「お母さん、頭と身体、全身刺されるようなの」

「いいことがあれば、悪いこともあるよ。白い人《ヨボ》はどうしたんだい」

「もう国に帰ったわよ」

「ふん、帰れるところがあって、いい身分だね」

アンジェルはそれには何も返さず、苦しそうに息をした。

「きっと良くなるから。信じて頑張るんだよ」

私は、そう言い残して家を去った。自分の力の作用を見るのは、気分の良いことだった。今自分が持っているアゼカはまだ少なくとも、全く仕事ができないほど弱いわけではないのだ。私はキャッサバ畑に作業をしに行った。

「お母さん、今日は仕事が捗るね」

同じ畑で働く次男が言った。

「馬鹿言うんじゃない。心配で手を動かさないではいられないんだよ」

息子は私の感情に打たれたように、頷いた。

「全くお母さんの言う通りだ」

鍬の下から土が引っくり返されていき、雨上がりのような匂いがあたりに漂う。掘り起こされて驚いた虫たちは、私の畑から一目散に逃げていった。

三日後に再びアンジェルを尋ねると、彼女の表情は瀕死そのもののように苦痛に満ちていた。

「病院に行ったのかい」

私が聞くと、声すら出すことのできないアンジェルの代わりに、ジュールが言う。

「町の病院まで行ったけど、何もわからなかった。カラビまで行けと言われたよ」

「それで、もちろん行くのだろうね。娘のためなんだ、カラビだろうと、どんな遠いところだろうと必ず行っておくれよ」

ジュールは深刻な面持ちで頷いた。

一週間経ち、アンジェルの具合が一向に良くならないので、ジュールは今度は首都の病院にまで連れて行った。

「どうだった？」

「山のように検査してもらった。でも、わからないと言われた。薬をたくさん買わされたよ。

けれど、どれだけ飲んだって、アンジェルは唸っているばかり」

「一体どういうことなんだろう」

ジュールは組んだ手を顎の下に置き、落ち窪んだ目でじっと私の顔を見た後に、

「妖術が原因じゃないかと思うんだ」

と言った。私は息が止まるかと思った。

「心あたりがある」

ジュールはそう言い、私を見つめている。

「占いには行ったのかい」

「病院の帰りに」

「それで何て？」

ジュールは俯いて黙った。私は、自分の血がちりちりと熱くなるのを感じていた。

「弟の嫁じゃないかと言うんだ」

思わず笑いそうになるのを私はこらえた。あの心の弱くて不器用な女に何ができるというのか。

「なんてことだろう。……でも確かに、彼女は変な目でアンジェルを見ていたよ」

「とりあえず、儀式を行うよ」

「それがいいね」

私は畑に行った。キャッサバ畑の雑草は、私の手によってみるみるうちに取り払われた。整然とした畑には鳥さえ来るのを遠慮して、芋は土の中で太り続けた。

アンジェルの病気はまだ治らなかった。的外れな儀式などをしているからだ。アンジェルは、腹が焼けるようだと繰り返し、眠ると恐ろしい何者かが現れるから、眠りたくないと泣いた。それでもうっかり寝入っては悲鳴を上げて起きるので、ジュールは、そのたびにため息をつき、ついには一人、家の外で眠ることにした。

その数週間後のある夜、眠りについたかと思うと、私はすぐに目が覚めた。私の霊が身体から出ていった。また集会の日が来たのだ。私はいつものように梟の生ぬるい身体にするりと入り、またしてもイロコの木へと飛んでいった。そして木の中に着くやいなや、アシバが話しかけてきた。

「順調のようだね。でも油断しちゃだめだよ」

「油断なんかしてやしないよ」

その日の会議で焦点になっていたのは、最近ペンテコステ派キリスト教の牧師になったコフィが、レグバ神の像を壊そうとして引っくり返したということだった。

「コフィに攻撃はしているのか」

「当然だ。コフィの兄がずっとやっている」

みんなが目で彼の姿を探した。コフィの兄は縮こまって小さな声で言った。

「しかし、効かない。コフィは強い」

「だから、知識を募っているのだ。攻撃を強化するための」

酔いどれコジョは、重々しく言う。

私はいつものように、円陣の一番外側でそれらの話をぼんやり聞いていた。最後の最後に、議長シカがアンジェルについて言及した。

「よく効いているみたいだ。しばらくこの調子で続けなさい」

私は満足だった。集会が終わると、いつものように食事を配った。アンジェルが死ねば、この給仕係からも解放されるだろう。食事を終えると、集会場の端の、木の幹に括りつけられている娘の霊の様子を見に行った。アンジェルの霊はすっかり萎れて弱々しくなっていた。そしてずっと小さく唸っているので、「アンジェル」と名前を呼ぶと、こちらを見た。

「お母さん、しんどいよ」

アンジェルは子どものように言った。もう少しだ、と私は思う。

朝起きると太陽の光が目に痛かった。夜の集会に行くと、いつも朝が辛い。あまり遅く起きると怠け者と思われるので必死に早起きをするが、集会が終わるのは朝五時ごろだ。ほとんど眠っていないのと同じだった。

私が再びアンジェルを訪ね、玄関まで来ると、部屋の中で牧師コフィが来て祈っているのが見えた。牧師は跪いたアンジェルの頭に手を置き祈っている。コフィの頭には脂汗が滲み、アンジェルの身体の悪霊が出て行くように念を送っているようだった。

私が部屋に入ろうとすると、コフィは眼を瞑りながら、

「祈りが終わるまで入るな」

と大きな声で怒鳴った。

私は怒りを感じた。それは私の娘であり、獲物なのだ。私は部屋の入り口で、眼を閉じたままのアンジェルを見ながら、「お前には祈りが聞こえない、お前には祈りが聞こえない」と小さな声で唱え続けた。

祈りが終わった後、アンジェルは眠りから覚めたように、ぽかんとした顔をしていた。私は入念に牧師コフィにお礼を言った。コフィは、アンジェルを襲っている悪魔がどれほど強いかということを語った後、しかしイエスの力でもう復活は約束されたと言った。

コフィの言う通りにはならなかった。アンジェルはその後、五回病院に行き、五つの占い師、五つの教会に行ったが、病気は少しも良くなることはなかった。ジュールは、アンジェルが持

っていたバイク、オランダ製のヴリスコの布、揚げ魚を作るための大鍋だけではなく、自分のＤＶＤデッキや野菜粉砕機などすべてを売り払って、治療のためのお金を捻出した。部屋はがらんとして、剥げて土の部分が見えている壁だけが残された。

アンジェルの頬はこけ、やせ細り、もう弱々しく笑うことすらしなくなった。皮膚は乾いてぼろぼろと皮が剥けた。息をする度に、肉が腐ったような匂いがしはじめていた。ジュールの眼の縁はどんどんと黒ずんでいった。孫達は、不安のあまり、よく喧嘩するようになった。一番下の娘ミミは、一切口をきかなくなり、土ばかり食べるようになったが、誰も気にする者はいなかった。ジュールが町に建てようとした家は、屋根ができないまま、風と雨に侵食されて、挙げ句には近所の者が豚を飼いはじめる始末だった。

彼らのお金は尽き果てた。もう病院にも行けなかったし、教会や占い師の元にも行けなかった。そこら中に借金を作って、誰かの顔を見るたびに、ジュールはびくびくするようになった。オディルの学費の支援も当然打ち切られたので、彼女は高校を辞めて、ヨーグルトを作って町に売りに行くようになった。

私のキャッサバ畑は、見事に整った。

「お母さん、精が出るね」

一緒に畑仕事をする四女が言う。

「希望を耕しているんだ」

私は言う。

太陽はよく照り、大げさな雨が降った。そして、数え切れない太ったキャッサバが掘り出されるようになった時、アンジェルの病状が良くなり始めた、という噂を聞いた。どういうことなのか、私にはわからなかった。家の倉庫の片隅に隠しているアゼカを出して、異常がないか確かめたが、特に変わったところはなかった。

私が再び訪ねた時には、寝ているアンジェルの顔色はずいぶん良くなり、こけた頬には肉さえ戻ってきていた。一体どうやって回復できたというのだろう。私は、地面ばかり見つめながら家に帰った。

その夜、集会で私はアシバに会った。

「アンジェルが復活しているらしいじゃないか。一体どうなっているんだい?」

「私にもわからないんだよ」

会議でも話題になった。

「一体どういうことなんだい?」

議長のシカは聞く。

「私にもわからないんだよ」

私は繰り返す。

「攻撃を止めるのかい」

「少なくとも、私はアンジェルの新しい家も、スクーターも、野菜粉砕機もすべて失わせることに成功した」

「それで、これからどうする？　誰かの援助を頼むかい」

シカがそう聞く。私は恥じて何も言えなかった。他の妖術師たちも、何も言わなかった。多くのものを手放したアンジェルに、みな大した関心を持たなくなってきたのだった。そのうち、議題は転じて、弱ってきたコフィをどのように始末するかの話になった。神格を汚した牧師コフィの方に、妖術師たちの怒りは向いているのだった。

会議が終わると、私はアンジェルの霊が縛られている木のもとへと行った。アンジェルの魂は、いつの間にか最初捕まえてきたのと同じような大きさに戻り、すやすやと眠っている。私はアンジェルの頬を叩く。娘は驚いて私を見つめる。

「どういうことだい？」

「お母さん、お母さん。悪い妖術師にさらわれてしまった。私を救ったのはお母さんだけだった」

アンジェルはそれだけ言って、また眠りはじめた。この子はきっと気が狂ってしまったのだ。

私はそう思いながら夜をあとにした。

翌朝、眠い身体を引きずってアンジェルの家に行くと、驚くべきことに娘はすっかり回復していた。

「お母さん」

アンジェルは私のもとに駆けより、全身で抱きついてきた。

「どうなったんだい。何をして治ったんだい」

私は娘から自分の身体を引き離しながら聞いた。アンジェルの目には弱々しいながら光が戻っていた。

「一体どうしたんだい」

アンジェルは、私の詰問めいた調子には気づかず、少しはにかむようにして微笑んだ。そして、腰布の結び目を解き、黒ずんだ布切れに巻かれた丸いものを取り出した。

「お母さん、これを覚えている？　お母さんがくれた石よ」

アンジェルは言う。

「ジュールがすべてを売り払って作った治療のお金が尽き果てた時に、幼い時にお母さんがくれたこの石のお守りの夢を見たの。起きてから、このお守りを握り締めて、体中にこすりつけていたのよ。そして三日三晩それを繰り返していたら、少しずつ痛みが治まってきたの。覚えている？　小学校のときに私が寝込んだ時に、お母さんがくれたお守りだよ。何にでも効くと言っていたでしょう？」

　私は遠い記憶の底を辿りながら、まだ妖術を食べさせられる前に娘に与えたそのお守りの石を見つめる。あの時私は、お金もなく、病院にも行けず、幼いアンジェルが瀕死の苦しみに晒されているのを、絶望の淵に立って眺めていた。できることは何もなかった。物知りの老婆に話を聞いて、手探りで老婆が言った通りの形をした石を探し、一晩薬草と一緒に煮込んだ。そして『私の命をかけて、すべての妖術からお前を守るように』と呪文のように何百回も繰り返し呟くと、小さかった石はその言葉を吸い込んで、大きく膨張して固まった。それを何度もアンジェルの身体にこすりつけると、一か月ものあいだ続いた幼い娘の奇妙な病気は、不思議なほどすぐ治ったのだった。このときの石をアンジェルはまだ持っていたのだ。

　そして今、大人になったアンジェルは、もう一度このお守りによって長い肉体的な苦しみから解放され、愛情を込めて私に微笑みかけている。

「お母さん」

　血がふつふつと音を立てる。私は、妖術師になってからずっと無関心に眺めていた娘に、初めてたぎるような憎しみを覚える。私は、お前をやはり殺さなければならない。

　妖術師として私が生きたこの何十年を、この娘はなかったことにしようとしている。すべての愛情を持てなくなり、ただうわべを繕い、正体がばれて迫害されることを恐れながらも、ただ生きるために、ただ害するために生き、生き延びてきた。何のためなのかはわからない。隣人の成功の話を聞いた途端に味わいを失うとうもろこしも、友を妖術師にするためのコーラの実も、人を蹴落とすだけを目的とした祈りも、そのすべてを飲み込んで、私たちは生きる。夜の端を食らい、虚しさを満腹で満たし、悪意で心を包みながら、私たちは薄暗いところを這いずっている。その私を、妖術師というこの種族を、娘は否定しようとしている。苦しみの年月を、私自身を、あどけない笑顔で踏みつけて、唾を吐きかけながら、幸せそうに知らない顔をしている。

私はお前を殺したい。

確信に近い気持ちで私は思う。『私の命をかけて、すべての妖術からお前を守るように』。自分自身への呪いで膨らんだ、お前を守る石のために、今度は私の命をかけることになるだろう。そして、だからこそ、私はあらん限りの力を込めてお前を殺そうとするだろう。心と身体をすべて没頭させて、私はお前を殺してやれる。

中庭に立つ私に、太陽の光が殴りかかるような勢いで頭から降り注ぐ。月の誘惑に乗って、子どもを袋に縛って井戸から落とした太陽のその光が、私の頭から入って私を燃やしていく。

「お母さん、泣いているの?」

アンジェルは聞く。まだ少しやつれが残った顔に、心配そうな表情が宿る。
この娘はいったい何を言っているのだろう。
「お母さん、顔が濡れている」
アンジェルが呟く。
泣く？　泣くはずがない。
涙など、とうに忘れた。

妖術師は闇の奥に、木の中に跋扈する

重なり合いながら、しかし時に全く異なる相貌をして立ち上がる存在のあり方を、どのように描くことができるだろうか。西アフリカのギニア湾に面した比較的小さな国、ベナン共和国を舞台にしたこれらの物語は、そんな関心が膨らんでできた。

近年、人類学に大きな影響を与えた「存在論的転回」と呼ばれる一連の議論では、他者を「真剣に」捉え、世界を多重化することで、西洋近代的認識論を越えた知的可能性を開くことが企図された(Henare, Holbraad, & Wastell, 2007)。しかし、「他者」というのは結局何なのだろうか。旅人でも研究者でも、育ってきた経験や、そこで見てきたもの、感じたことなどを引き連れた「私」を通すことのない「他者」など存在しえない。しかも「私」は、不変ではなく、その時々で常に何かを纏っている。身一つでその土地に来たつもりでも、過去の記憶や経験などの断片は、まるで蜘蛛の糸のように、急にぐるぐると巻きついたり、ふとした瞬間にフラッシュのように強烈に光る。けれど、暑い太陽の下で長く暮らせば、それらは珍しい色の蛾のように、いつの間にか身体の周りを単にふわふわ飛んでいる程度のものに変身していたりする。「私」というのは実は過去や概念などと同じように水溶性の物質で、時間が経つと変色し、気づいたら別のものになっていたりするのではないか。そしてその性質は、月や太陽や日蝕のような、多くの人びとが根拠もなしに世界中どこでも同じだと思っているものと似ているのかもしれない。日蝕についての断片を集めながら、私はそんなことを思っていた。

けれども、妖術は?

妖術師は、そんな「私」などにお構いなく、しかも「私」が認知にできる範囲をゆうに超えて、闇の奥に、木の中に、しかし「人間」の形で跋扈しているらしいのだ。妖術師という、証明するこ

『夜を喰う』は、多くを私の友人であり、研究協力者でもあるガンダホ・ロジェ（Gandaho Roger）氏に依っている。ロジェは私がベナンに行く度に転がり込む家の主人だ。物語を書くにあたって、私はまず妖術師の物語を一緒に書きたい旨告げ、その上で簡単な質問を投げてみた。「村に住むある女性が妖術師に攻撃を受け病気になった。誰が妖術師か？」ロジェは、母親、友人、叔母、と幾つかの可能性をあげた。私は彼の案から母親を選んだ。ベナンの人々がいつも、妖術師は親を知らない、子を知らない、誰でも殺すのだ、とその残虐さを強調するからだった。愛情と寛容の象徴とされがちな母親が、どのように子を殺したいと願うのかは、妖術師の一つの本質だろうと思えた。「なぜ母親はその娘を選ぶの？」「そもそもどうやって妖術師になったの？」「集会はどんな様子？」

たくさんの問いかけにロジェはさまざまな形で応えてくれ、プロットが少しずつできあがっていった。私はそれを、これまでのいろいろな経験や記憶と合わせ、付け加え、飛んだり跳ねたりさせて、物語にしていった。だから、この物語はロジェのものでもあり、私のものでもある。ベナンのものでもあり、日本のものでもある。

仕上がった物語をフランス語に訳してロジェに読んでもらうと、彼は言った。

「これはまさにここで、本当に起きている話だ！」

創造はいつも外から来て、接触して、離れていく。そのとき生れ落ちたその子どもたちを、空に投げたり井戸に投げたりして、私たちは世界を増やしてみるのだ。

● 「グルジア」は、当時の国名呼称のままとした。

● 参照文献：Henare, A., Holbraad, M., & Wastell, S. (Eds.). (2007). Thinking through things: theorising artefacts ethnographically. Routledge.

● Mes remerciements à GANDAHO Roger de son précieux soutien et sa participation à la création de cette fiction.

あふりか！わんだふる！

ふくだぺろ

——家の中にはいると、いつものソファに人が座っていて、でもその人は王様にはみえなかった。肌の色は明るめで、背も低くなったよう。でもどこか慣れた、たとえるなら毎日鏡で見ていたような印象。歓待してくれて、話しぶりとかから、ぼくがこの数週間、膝を交えて話した王様に違いないことはわかったから、いつもみたいに奥方様にアフリカン・ティーをいれてもらって、会話を始めた。

ワンダフルの王様がぼくと同じ神奈川県横浜市旭区に住んでいることを知ったのはつい昨日のことだった。ワンダフルで映像人類学の調査をしていたこともあり、ぼくは王様に会いたいとおもってしまった。なんでもユミに相談するぼくが今回もユミに相談すると「いいんじゃない、何かお土産持って行った方がいいかもね。みかんなんかいいんじゃない」——ほんとうにユミは天才だ。ぼく一人ではお土産を持っていくなんて発想にはならなかったろう。

だからこうして、いま王様の家の前に立ってみかんを持っている。ワンダフルの王様がみかんを好きかどうかはわからないけど、思い切ってピンポン。押してみる。扉が自動にひらいて、するすると絨毯みたいにすいこまれる。外見も凡庸な日本の家だったけど、中も凡庸な日本の家だった。特にワンダフルとか、アフリカを象徴するような仮面、写真、絵画などの文物はなかった。

そのまま手持ちぶさたにぼーっと待っていても誰もこないので、ここはワンダフルなんだなとおもって、座りこむことにした。体育座りになって膝を抱えこむ。そのまま、ぼーっと待つ。ワンダフルやほかのアフリカ諸国、あるいは遠く離れたバヌアツとかにもそういう人たちがいる。ずーっと待っているのだ。いまこうしてぼくみたいになにかを待っている。なにを待っているのかわからないまま

背中が平らなカメレオンが森の中で食べ物を探していた。大きな木の中から鳥のさえずりみたいな音が聞こえてきた。カメレオンがその幹を割ってみると、大洪水が起きてしまった。水は隅々まであふれ、最初の男女がこの水の中から生まれた。

お尻のおおきな女の人が出てきて、自分は王様の妻だと名のった。陛下はいま忙しいから会えないけど、またきてくれたらぜひ会いたいとのことだった。ぼくの目は手のなかのみかんをみつめていた。そうして陛下の妻だと名のる女性をみつめかえす。怪訝な視線がかえってくる。もし良かったら、召し上がっていただきたいとおもいまして、ということを告げると「ご丁寧に痛みいります。私たちの国でもお客様を訪ねる際には手土産を持参します。こうした習慣はどこの国に参りましても変わりませんね」笑顔とともにみかんが受けとられ、もうすることがなくなってしまった。さっきいそいそと入ってきたドアを出て、ふりかえると、来たときと同じようにドアが閉まっていた。

こうしたことが何回かつづき、ぼくはそのたびにみかんを持っていった。そのうちみかんの季節がおわってしまうんではないかと気が気ではなかった。

そうしたらなにを持っていけばいいんだろう。

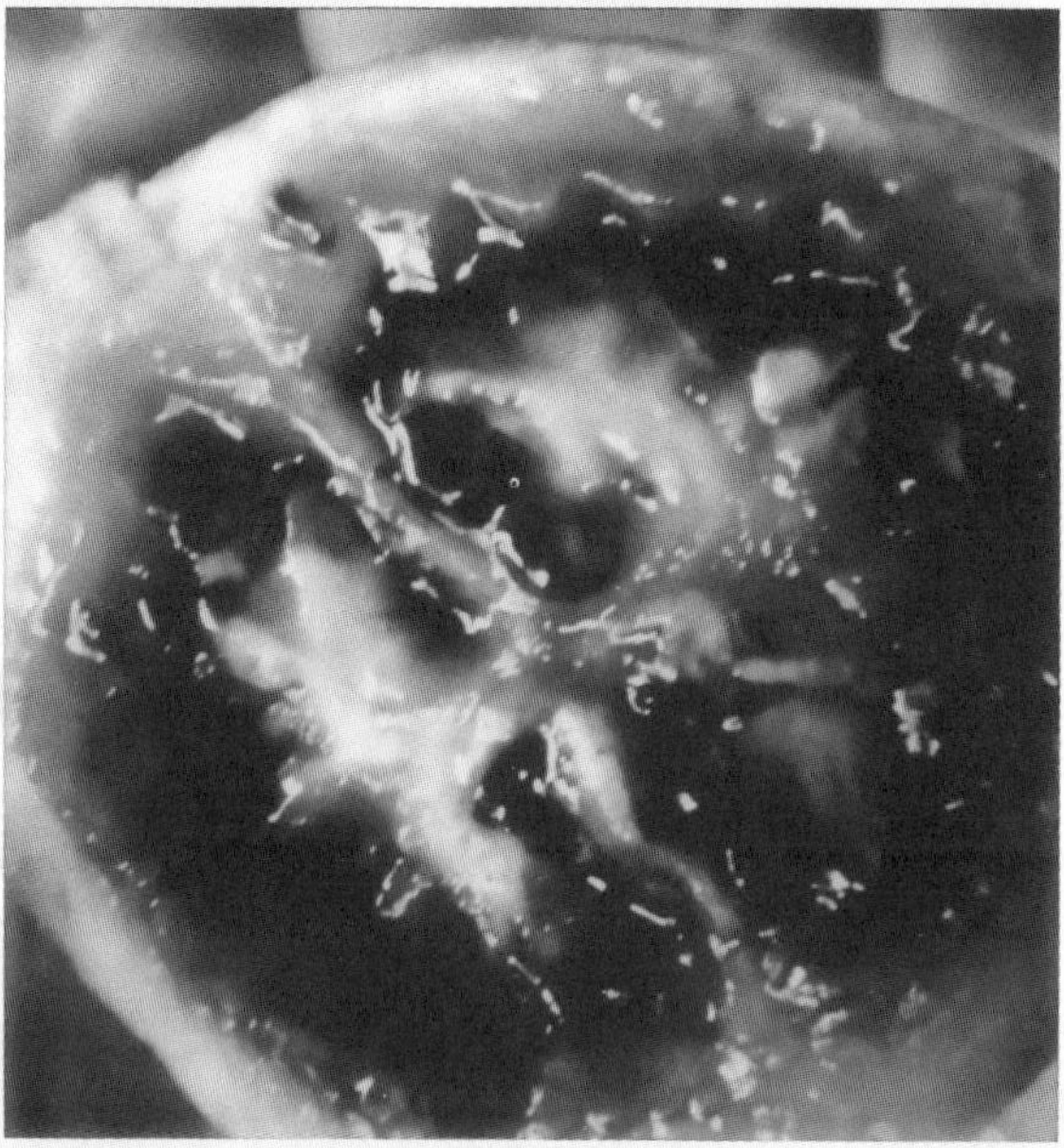

ある日iPhoneがピロリロ鳴って、出てみると「王様の妻」だった。いま陛下の手が空いており、こちらの都合のいいところで会えるとのことだった。「近所にジョナサンがあるのをご存知ですか。そこでお目にかかれませんか」ぼくの口がしゃべっていた。（なんでジョナサンなんだ）心が文句をいうが、もういってしまったものはしょうがない。

約束の時間より早めにジョナサンに着いて、ドリンクバーでコポコポ、グラスを満たしたペプシをすすっていた。薄くスライスされたレモンが欲しいとおもったが席を立つとなにかを失くしてしまう気がして、そのままそこで待っていた。しばらくすると、大柄なアフリカ系の年配の男性が入ってきたので、手を振り、おたがいに自己紹介をして着席した。すこし気難しそうな印象だった。ワンダフルに関心があること、行ったことがあること、ワンダフルの印象がほんとうにワンダフルなこと、映像人類学をしていること、王様のことをグーグル先生に教えてもらったこと、できればこれから何回か会って話をききたいことを伝えた。それはかまわないとのことだった。どこか心ここに在らずで、王様は人が通るたびにそっちの方をふりかえっていた。

至高神オニャンコポンは地上のすこし上に住んでいた。人間の近くに住んでいた。ある女が杵と臼をつかってヤムイモをつぶすと、そのたびに杵でオニャンコポンを突き上げた。怒ったオニャンコポンは空に昇ってしまった。女は子どもたちに命じてありったけの臼を集めさせ、オニャンコポンに到達するまで積み上げた。だがあと一個というところまで来て、最後の一個が足りなかった。女は子どもに、一番下の臼を取っててっぺんに積み上げさせた。積み上げた臼は崩れ、登っていた人々が落下してたくさん死んだ。

すこし緊張したまま、改めて撮影機材を確認した。陛下の家の前で何度目かのピンポンを押すと、奥方様が出られた。ぼくの顔をみると笑顔になられて、奥まで案内してくれた。はじめて通された居間はこれまたありきたりの日本の家と変わるところはなにもなく、ただワンダフル人の肖像写真が何枚か飾られているのが、この部屋の持ち主が誰なのかを示唆していた。

陛下はポロシャツに短パンを着こなして、上機嫌だった。ぼくは今回はお土産に畳を持ってきていた。畳をわたして、陛下に改めて挨拶をして、話をきいた。

ヨーロッパ人たちが私たちの国にやって来たのはもう１００年以上も前のことだ。最初は私たちもいい関係を築けていたが、そのうちに宣教師たちもやって来て、キリスト教に改宗しろと言ってきた。私たちの王は拒否した。朕が臣民がキリスト教徒になれば、朕は明日から彼らをなんと呼べばいいのだ？　チャールズとかジェームズと呼べばいいのか？　朕が子らにはすでに立派な名まえがある。王は国民の父であり、わたしは自分の子どもたちの名まえを奪うようなことはしたくない。

そう言ってのけた王はヨーロッパ人たちに追放された。ヨーロッパ人たちはすばやく大量に人を殺すことにかけては超一流だったから、私たちは従順に言うことを聞くほかなかった。彼らはひそかに王の息子の一人をキリスト教徒に育て上げていた。その息子は将来、王の命を奪うだろうと予言され、王に捨てられた息子だった。宣教師たちは息子をかくまい、純粋なキリスト教徒として育て上げていた。つまりはその息子は見た目はワンダフル人だったが中身はヨーロッパ人だった。死んだと思われていた息子が即位し、王は追放された。砂漠の中に広大なオアシスがあり、そこには水平線しかないという。ちいさな島があり、人一人が立つことはできても、寝ころぶことは出来ない。王はその島に追放され、立ったまま空を眺めながら死んだ。

これまでヨーロッパ人に育てられ、自分はヨーロッパ人だと思ってきた新しい王の生活には一つのものが欠けていた。鏡。鏡なんか覗いて、自分がヨーロッパ人でなく、ワンダフル人だと気づいてもらっては困るから。手鏡から朝の手水鉢まで反射という反射が起こらないように入念に生活が設計されていた。でもひょんなことからバレる。金でできた王のボタンを衣服係が入念に磨きすぎた。あるいは王に自分の出自をさとってもらうため、わざと磨きすぎたんだとも言う。わざわざヨーロッパ本国から取り寄せさせたという無垢のボタンに映る黒い顔を眺めて、王は自分の出自を確信した。それでも表面上はなにも気づかぬふりをして、ワンダフル人の大臣や学者と、合コンという名目で会って、意見を交換していった。折しも世界中で、独立の機運が高まっていた。時機到来と見た王は、公然と独立運動を支持・主導し、ヨーロッパ人たちに対抗するようになった。ほかのアフリカの王や皇帝、長たちと連携し、国の独立を勝ちとろうとした。ある日、ヨーロッパ人たちとの会合に出かけた王はそこで紅茶を飲んだ。そうして帰ってきて、腹痛を訴え、そのまま死んだ。呼ばれたヨーロッパ人の医者はなにもせず仁王立ちに、時計の針ばかり数えていたらしい。

そのあとに私が即位した。いまもなぜ私だったのか……よく分からない。他にも候補があったはずだ。私は生まれたばかりの赤ちゃんで、なにも分からなかった。そうして内戦が起きた。母は私を連れて、逃げた。だから私は隣国、マアマアワンダフルの難民キャンプで育った。王族だが、故郷がない。難民キャンプでは年長のものが年下のものに教育をさずけていた。外の世界で生きのびるために。でも筆記用具もなにもないから、算数を教えるために、そこらへんの植物の棘を使っていた。その棘をチョークに、自分の太ももを黒板にして、教育するのだ。血だけが私たちの文字だった。

奥方様がやってきて、何か飲み物はいらないかときかれる。ぼくは辞退するのだが、何度も勧められるので、断るのも失礼かとおもい、では紅茶をとお願いする。アフリカン・ティーがいいかときかれ、ぼくは笑顔で大好きだと答える。香辛料をたっぷり入れた香ばしいアフリカン・ティーをワンダフルにいる間よく飲んでいた。もちろん砂糖はたっぷりだ。砂糖は4杯いれてくれと伝えると、「あなたはあたしたちよりアフリカンね」笑いがおきる。

前の王を殺した紅茶はアフリカン・ティーではなかった。ヨーロッパ人がよく飲むブラック・ティーだった。当時、茶の木はワンダフルでは栽培されておらず、インド亜大陸のプランテーションで奴隷のようにこき使われる老若男女の汗と血を吸ってスクスク育っていた。プランテーションの労働者が奴隷と呼ばれないのは1833年に大英帝国で奴隷制が廃止されたからなだけで、内心では使う方も使われる方も奴隷だとおもっていた。王を殺した紅茶はセイロン・ティーだった。セイロン（スリランカ）では多数のタミール人が強制連行のうえプランテーションで働かされ、セイロン独立の際にはセイロンからもインドからも市民権を与えられずに、100万人が無国籍になる。そうして1983年、タミール人の独立国家建設を唱えるタミール・イーラム解放のトラと、スリランカ政府の間で20年に及ぶ内戦が勃発する。

王が飲んだ紅茶には砂糖もはいっていた。紀元前からインド人は砂糖を精製していたが、大量生産に成功したのはヨーロッパ人だった。南北アメリカにつくった大規模なプランテーションで、アフリカから連行してきた奴隷に強制労働をさせて、安くて甘い砂糖生産に成功した。つまりは砂糖の民主化に成功したのだ。

現在2019年、ワンダフルでは砂糖とお茶を栽培している。雨季になると、段々畑の緑が広がって、国中が美しい緑に咲く。チリ一つなく、物乞い一人いない。夢のように揺らぐ熱さのなかで、ぼくは彼らの王様についてきいてみる。黒い影のような人たちは口をそろえて王様なんていないという。この国は共和制で、王なんてとんでもない。中には怒りだす人もいる。「あんなのは偽物だ！」ぼくは日本にいる彼らの王様の大きなすこし寂しげな背中をおもいだして、なにもいえなくなる。

そうして夢が覚める。

マアマアワンダフルの難民キャンプで育った私が学校を出ることができたのは母のおかげだ。ワンダフル語以外に英語とフランス語を教えてもらい、カナリマーベラスで仕事にありつくことができた。移民の常として差別や不条理なことにも出くわしたけど、幸福だった。仕事は順調で、妻と子どももできた。歴史に翻弄されて、私にはずっと団欒ってものがなかったから、自分が家族どころか結婚できるなんて思ってなかったし、夜遅く帰ってきても、子どもたちの寝顔を見つめていると、幸せのあまりに涙が出てくるのだった。

国で内戦が起きた。今度は政府が転覆して新しい政権が権力の座についた。いまこのタイミングを逃せばもう永遠に、まだ見ぬ故郷に戻れることはないかもしれない、そう思うと居ても立ってもいられなくなって、私は妻に伝えた――ワンダフルに戻るぞ。こんな内戦の最中に戻るなんて冗談でしょと取り合わなかった彼女に、私の本気を見せる必要があった。カナリマーベラスの滞在許可証を目の前で破り捨ててみせた。彼女は泣いていた。彼女はワンダフルの出身ではない。

もう夕暮れどきも近づいていたので、ぼくはお暇をすることにした。王様からきいた話がぼくの中でくすぶっていた。ふと道端を見やるとバラが咲いていたので、棘をとって自分の太ももを引っ掻いてみた。

血

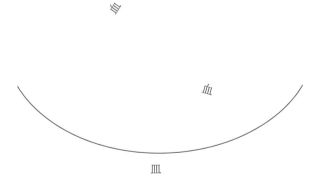

血

血

皿

まだいってなかったかもしれないが、ぼくには子どもがいて、2歳の娘である。かわいくてしょうがないので、王様がいう、家族がいることの幸せは身にしみてわかる。実際、幸せを言うなら、これ以上求めるものなどないのだ。でも人は幸せなだけでは満足できないのかもしれない。わざわざ幸せを危険にさらしてまで、王様をワンダフルに駆りたてたものはなんだったんだろう。ぼくがフィールドに出かけるとき、ユミとヨーヨーはついてくる。ヨーヨーはワンダフル語がぼくよりうまいかもしれない。

ヨーヨーがテーブルの上のご飯で遊ぶあいだ、ぼくとユミはカレーを食べながら王様の話をしていた。昨日、ぼくはカレーを作り、昨晩、今朝とつづけてカレーを食べていた。ぼくは作ったカレーがなくなるまで1週間でも毎食食べれるが、ユミは昼ごはんあたりから違うものを作って食べるという。「王様にカレー持ってったら?」素晴らしいアイデアだ。モノを買って持っていくばかりでは、自分ではなにも作れないようで芸がないが、自分が作った料理ならこれ以上のものはない。タッパーにカレーをつめて、冷凍したご飯といっしょに袋にいれた。

「そうか、わざわざ悪いね。じゃあ一緒に食べようか」やさしい王様だとぼくはおもう。そうしてレンジでカレーとご飯をチンして一緒に食べ始めた。とくに米がうまかったようで、しきりに褒めていた。実家が農家なのでおいしい米には事欠かない。なんだったら送ってもらおうかなどと話す。食べおわったころに、「普通ならこういうことはしないんだ」、王様の唇が微笑む。どういうこと？「本来なら他人が持ってきたものに口をつけたりしないんだ。だって毒が入ってるかもしれないだろ？」

「一緒に食べよう」という提案は親切心よりも警戒心から出てきていた。パーティーに行っても決して飲み物には口をつけないという。ワイングラスを差し出されたら、失礼のないように笑顔で受けとって、決して唇を触れない。開けていない缶ビールしか飲まない。ぼくはセイロンティーで殺された前の国王と、レストランに入ったら入り口を見渡せる席にしか座らないゴルゴ13をおもいだし、育ちが違うとはこういうことをいうのだとおもう。目の前をカメレオンが横切り、足元が開いて、ここは日本ではなくワンダフルになる。

綺麗な街並みのそこらここらに重武装した警官が立っている。そのお陰で治安が保たれているともいえるし、薄皮一枚はいだところに張り詰めた緊張が横たわっているともいえる。内戦があったころには宵闇が訪れるともう外を歩くことはできなかった。外には刀や銃をもった連中が徘徊して、誰彼ともなく斬りつけ、撃っていた。いまは深夜に出歩いてもなんの問題もない。地元のバーで地元のビールを飲みながら、夜が明けようとしていた。

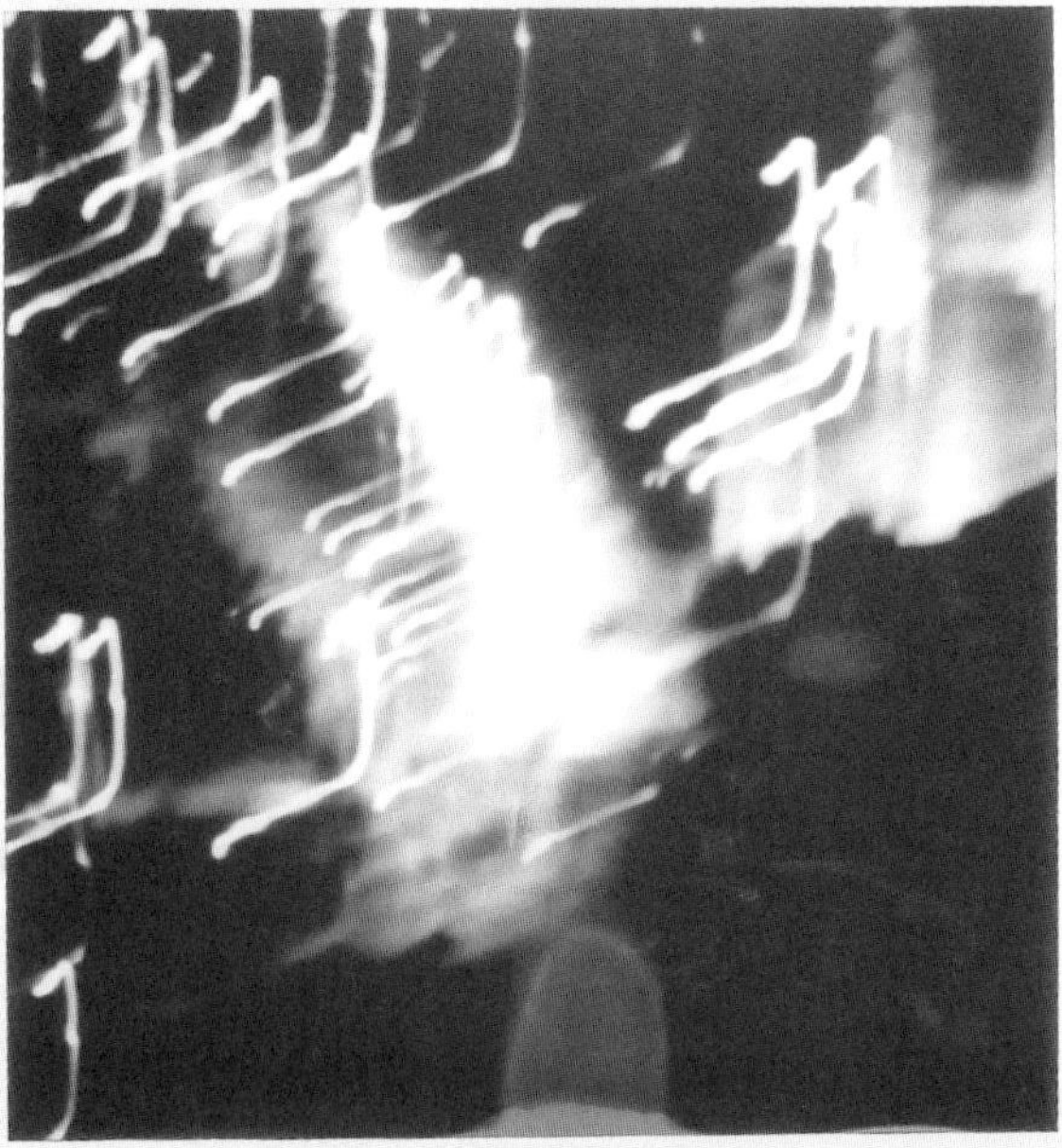

夜をうすくスライス

するにはナイフが必要

人の太ももとか林檎の皮とか

ばっくり開いた

そしき

から

はいずり出てきた

夜明け

いざワンダフルに戻ると、新しく就任した大統領は、王だった私を歓迎していなかった。幼児だった私が亡命したあとに王政は廃止されて、国は共和制になっていた。今や私はただの一市民に過ぎないはずで、なんの気兼ねもなく、差別されることなく、自分の国で家族といっしょに普通に暮らしたかった。王政を復活したいという勢力もいた。王として生まれた宿命をまっとうできるのであればなにも言うことはないが、アンチ大統領を叫ぶ彼らは、実際に大統領に対抗できる政治的経済的基盤は何ひとつ持っていない、はた迷惑で危険な夢想家の集団だった。この国で大統領の息がかかってないものは草木といえどない。なにかと影みたいに私に近寄ろうとする連中とは距離をおいてつき合わないようにしていたが、そういう言い訳ももう通用しない気配が忍び寄って来た。国を去るときが来た。短い間だったが、まだ見ぬ故郷は、住んだことのある故郷になった。山河を自分の足で歩き、自分の肌で感じた。それだけでいいのかもしれない。

日本のテレビ局の取材に協力したことがあったツテで日本に行くことになった。ワンダフルから、マアマアワンダフルから、カナリマーベラスから、アフリカから遠く離れて、新しい故郷を作りに行くことになった。まずは私だけで、落ち着いたら家族を呼ぶ手はずになっていた。

飛行機が離陸した。

その時のことはいまも覚えてるよ。お父さんがワンダフルを離れて遠く、日本ってとこに行くって知らされた。いつもどってくるの？　きくと、すぐにもどってくるって言ってた。その日飛行機が頭上をすぎて、お父さんはいなくなった。それから毎晩、お父さんはいつもどってくるの？　きいたけどお母さんはいつだって「もうすぐだよ」。ひと月経ったあたりからもうきくのをやめたよ。「お父さんなんかはじめからいなかったんだ」そう、自分にいいきかせてた。

妻子には辛い思いをさせたけど、それから数年経って、こうしていまは日本に呼び寄せることが出来た。みんな日本の大学を卒業した。こっちでの生活も楽ではないが、どうにかやっていけてる。国には戻りたいけど、いまの大統領がいる限り無理だろう。私はこうして流浪の王として異国で死ぬ運命かもしれない。願わくは自然に死にたい。前の王や、前の前の王みたいに殺されることなく……。私には責任もある。千年とつづく王朝を私の代で終わらせるわけにはいかない。社稷を守るのが私に与えられた使命だ。たとえ国を追われようとも。私が亡くなれば、私の子や孫があとを継ぐだろう。そのうちいつか私たちも国に戻るときが来るかもしれない。いつか国民がまた私たちを慕ってくれるときが来るかもしれない。私は王だ。王だけれど、民なき王でいることほど辛いことはない。

実際にワンダフルの大統領が政敵を処分してるのをぼくはニュースで知っていた。行方不明になったり、不自然な死をむかえる人たち。カナリマーベラスに亡命したある将軍はあからさまに暗殺された。その将軍は、大統領が一般に信じられているような英雄ではないとテレビでしゃべっていたその最中に、インタビュアーであるジャーナリストが胸ポケットから気さくに取りだしたチューイングガムで殺された。ガムを勧められて口に放り込んだ瞬間、将軍の頭は吹っ飛んでいた。ガムをもらったのに「ありがとう」という暇もなく殺されたと、残された妻が泣いていた。独裁を非難するジャーナリストが国内や隣国で次々と行方不明になった。政府をよく言わない新聞が次々と閉鎖に追い込まれていた。街に物乞いや物売りがいないのは、道端でそうしたことをした瞬間、再教育訓練所に放り込まれるからだとみんなが噂していた。再教育訓練所と強制収容所のちがいはプランテーションと奴隷制のちがいのようだった。王様が暗殺を恐れていることがどれほど妥当なことなのかぼくにはわからないでいた。いまさら王様を殺したところでなんになる？　国際世論の物議を醸すだけで、大統領にとってなんのメリットもない気がした。でもやりかねないことは否定できない。暗い気持ちが大きくなり、ぼくも王様もなにもしゃべらなくなり、王様の家を出た。

むかし、腹が減るとひとは、手をのばして雲をちぎって食べればよかった。闇夜に雲がとけるときは月や星に話しかけて、胃袋を交換してもらえばよかった。ひとはひもじさを知らなかったのだ。

見慣れた横浜の風景に、ワンダフルの風景が重なっていた。空気の匂いが変わりつつあり、心なしか暖かくなってきた。はるか向こうに見える山が富士山なのかコトパク山なのか判別がつかなくなってきて、それでも沈む夕陽に映える山が美しく、ぼくの目は涙を流していた。

家に帰ると、ユミがびっくりして、「ちょっと変わったね」という。変なことをいうなとおもい、問いただすと「鏡を見たら」。変なことをいうなとまたおもい、洗面所の鏡をのぞくと、迷彩柄に肌がところどころ黒くなっていた。黒くなっているところの骨格だとか、皮膚の感じが王様に似ている気がした。ちょっと老けた気がして、不公平な気がしたので、明日王様に言ってやろうとおもった。ヨーヨーはぼくの見た目がすこし変わったのを気にしない様子で、二人でアヒルになって床の上を這いずり回って、卵をさがしつづけた。

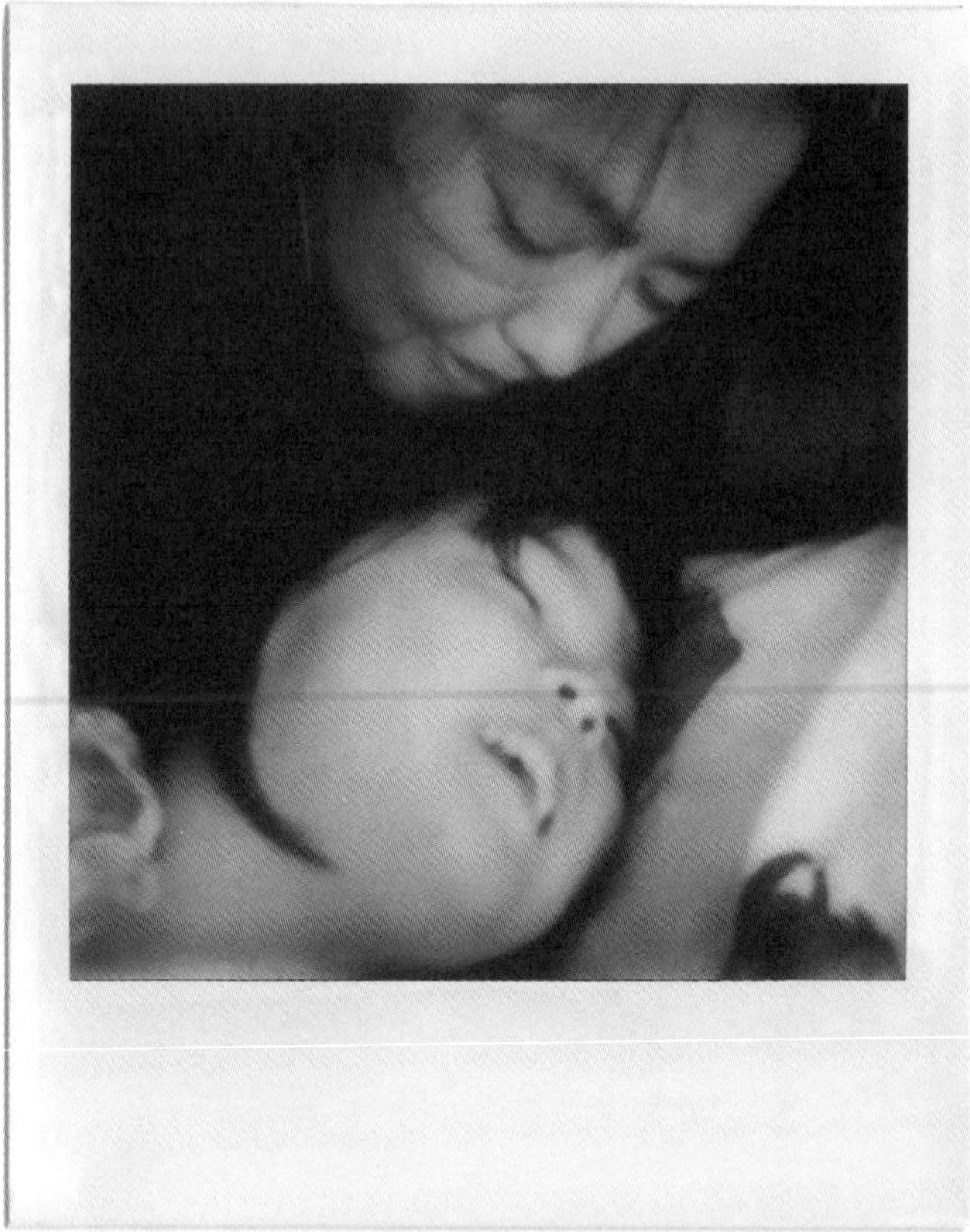

人が裸で暮らしていたころのことだ。ある日、布が村人に配られ、みんな性器を隠すようになった。森に出ていた男が帰ってきて、自分だけ布がないことに気づいた。辱められた男は村を出て、森に住むチンパンジーになった。そのとき火を持って行ったのだが、それは炉石のかわりに置いてあったシロアリの巣だった。彼が持って行った火はついぞ燃えなかった。

翌日、外に出ると、景色を妙に懐かしいと感じる「わたし」がいた。カラッと乾いた熱い風が吹き、赤土とジャングルに彩られた風景が広がる。黒というよりはチョコレート色の肌をした同胞たちが街を闊歩し、どっかから教会のミサの歌がきこえる。なにをしに出てきたのかおもいだそうとして、わからなくなる。しばらくして、王様に会いに行くんだとおもいだし、そちらの方に歩いて行く。妙に変ちくりんな家だった。見たことのない建築だなとおもい、ああ、日本の家だと気づく。なんでワンダフルに日本の家があるのか不思ギに思いながら、王様は日本に住んでたんだった。その当時が懐かしくて、そういう家を建てたのかもしれない。なんで「わたし」が日本の建築だと気づけたのか、「わたし」は疑問にもおもわない。

家の中にはいると、いつものソファに人が座っていて、でもその人は王様にはみえなかった。肌の色は明るめで、背も低くなったよう。でもどこか慣れた、たとえるなら毎日鏡で見ていたような印象。歓待してくれて、話ぶりとかから、ぼくがここ数週間、膝を交えて話した王様に違いないことはわかったから、いつもみたいに奥方様にアフリカン・ティーをいれてもらって、会話をはじめた。

前の王様が亡くなったのも実は暗殺なんじゃないかと思ってるんだ。もう歳で、80歳だったけど、元気でそんな急に亡くなるような様子は全くなかった。ぼくたちは毎日よく電話で話したんだけど、亡くなる数日前に不在着信がほら、こんなにも来てたんだ。きっとぼくに何か伝えたいことがあったんじゃないか。なのにぼくは出れなかった。怖かったろう。辛かったろう。慚愧の念に堪えない。なんで今さら暗殺しないといけないのか全く分からないが、その後事態はもっとひどくなった。前の王様は亡くなったフランスで埋葬されることを望んでたんだけど、政府が手を回して、国に住んでいる妹が、遺体を引き取ってワンダフルで埋葬すると言い出した。ぼくは反対した。ぼくたちの慣習では異国で亡くなった王はそのまま異国に葬られるべきなのだ。異国で死んだ王の亡骸を国に戻すと災いが起きる。

外国で死んだその前の王の遺体をワンダフルに戻した結果、革命と虐殺が起きた。ワバンダ・ヒルランゼ・ウラランサ。ぼくたちは裁判で争い、負けた。前の国王の遺骸はワンダフルに送られ、そこで埋葬された。

前の王様は紅茶を飲んで死んだんじゃなかったのか？　そのことはワンダフルのものならみんな知っている。王様はもうおかしくなってしまったのかもしれない。いや、そもそも、ワンダフルに王様なんていたっけ？　もう50年以上共和制で、最後の王様は亡命して……日本に……。目眩のせいで世界が揺れてくるけど、話すうちに熱がはいってくるのか、前のめりになって、ギラギラする目で王様だという男がしゃべりつづけてることはわかってた。

泡を飛ばしながらしゃべる口から目をはなすと、目のまえの人の肌が明るめを通り越して、黄色いことに気づく。彼の瞳に映る、人の姿のようなものは肌も黒く、大柄で、まるでぼくであるかのようにぼくと同じタイミングで同じように手を動かす。ボタンに映る自分の姿を見て、自分がヨーロッパ人でなくアフリカ人だと気づいた王様は、他人の瞳に映る自分の姿を見ることはなかったんだろうか？

ぼくの目の前にいる、小さな黄色い人は神妙な面持ちでうなづきながら、メモを取っていた。そうしてぼくが話し終わると録音機の停止ボタンを押して、日本の話を始めた。彼は日本人らしい。ついさっき、中国のどこから来たのか聞こうと思って、よして正解であった。ぼくは王になったばかりで、一層こうしたミスには気をつけないといけない。１０００年つづく王朝の威厳を損なうようなことをしては。だが、もう何日も彼と会ってる気もして来た。いや、むしろぼくが彼だったのか。相手が自分といっしょに映像人類学の展示のためのコラージュを作らないかと言う。それもいいかもしれない。出来ることはなんでも受け入れるのが王たるもののつとめだ。

そうして彼は帰って行った。残されたぼくはがらんどうの家の中を見回し、自分の先祖たちの写真に目が止まる。彼らの視線を感じ、自分も暗殺される未来を知る。もうこのまま寝ることにしよう。黄色い小男は明日も来るのだろうか。鬱陶しいが、暇つぶしにはなるだろう。台所から料理の匂いがする。あまり食欲がわかない匂いだ。ここはぼくの家ではない感じもする。家族が、妻と娘がいた気もするけど、分からない。確かめるのもおっくうだ。大した違いではないだろう。どこにいようが、何をしてようが家族はいいものだ。国民はわたしを王として認めてくれたんだろうか。窓の外の景色は我が祖国ワンダフルだ。あかい土、みどりの木。今日はもう遅いから、山刀やＡＫ−47が跋扈する夜は危ないから、朝になったら、街に出よう。みんなの大好きな王様が素敵なワンダフルに戻ってきたことを教えてあげよう。その前に鏡を探そう。髭を剃りたいのに、この部屋には鏡どころか、ガラスも何もない。

「ワンダフル」は遍在する

Liisa Malkki(1995)は、マージナルな者が紡ぐ、西洋近代歴史学からすると荒唐無稽な歴史を、当事者の置かれた政治的・歴史的状況や空間を視野に収めて考察することで、彼らが現実を生きる手段として受けとめる概念「神話的歴史」を提示した。換言すれば、タンザニアに住むブルンジ難民に混じってフィールドワークをした彼女は、彼らがどうやって「ことば」によって「現実」を構成する「過去」を組み替えているのかを分析した。Lowenthal (1985)が指摘するように、記憶の機能は「過去」の保存にあるのではなく、「現実」を操作し、豊かにすることにあるのだ。集合的な記憶である歴史でも個人の場合でもその仕組みは同様であり、すべての歴史は決して来ない未来に向かって不断に修正されつづける。だからMalkkiを援用しつつも、「神話的歴史」が立ち上がるのと同時にいつも「神話的現実」が立ち上がるというのが、「不在」のなかで立ち上がるイメージを分析した筆者の修士課程における研究の眼目であった。

本作品において、政治的な配慮から「ワンダフル」という仮名を与えたアフリカの某国で筆者がからみとられた様々な「生」も例外ではない。「ワンダフル」は当然、他のアフリカ諸国と多くの点で異なるが、植民地支配の歴史と暴力が記憶ではなく現実として現在に浸出しているという点では共通する。アフリカと聞いて多くの人が思い浮かべるような戦争や飢餓に呪われた時代が「ワンダフル」にもあった。そして21世紀はアフリカの時代と言われるような急激な変化と経済の発展も経験している。そのなかで人々は自分の生きる空間や場所と会話しながら、政治的、社会的な制限に小言を言いながら、現在と希望を照らし合わせて、「現実=歴史」を編み直す。そうして紡がれる「物語」を「知性」がわらうのは簡単だが、そのような浅はかな「知性」に価値などないし、「現実」と深く切り結び、「世界を多元化する」(Viveiros de Castro, 2017)のが人類学だとしても、自他の区別は一般に信仰されるほど自明ではない。フィールドではすべてが溶融していく……だからか、この作品には目眩ましやウソが散りばめられている。それは先述した「政治的な配慮」以上に、この溶融の率直な反映であり、「ワンダフル」が某国を超えて地球上のどこにでもあり得る存在だからである。

●Lowenthal, D.（1985）. *The Past is a Foreign Country*. Cambridge. Cambridge University Press.

●Malkki, L. H.（1995）. *Purity and Exile*. Chicago. University of Chicago Press.

●Viveiros de Castro, E.（2017）. Metaphysics as Mythophysics or, Why I have Always been an Anthropologist in *Comparative Metaphysics*, ed. Salmon G. et al., 249-273. London-New York. Rowma & Littlefiled.

●以下、本文中の出典を掲げる。１２７、１３４、１６６頁のテクストは、後藤明『世界神話学入門』［キンドル］３章３節１段落、同４段落、同６段落（講談社、２０１７）。１６２頁のテクストは２０１７年７月24日午後３時34分頃のリックとの会話。１７２頁のテクストは加納隆至・加納典子『エーリアの火―アフリカの密林の不思議な民話』33-34頁（動物社、１９８７）。１３６頁の写真はクリエイティブ・コモンズ・ライセンス（パブリック・ドメイン）のもとに使用を許諾されている。１４５頁の写真「Sweet Democracy」は「Macro photograph of a pile of sugar (saccharose)」@ Lauri Andler (Phantom)、クリエイティブ・コモンズ・ライセンス（表示-継承 3.0 非移植）(https://en.wikipedia.org/wiki/Sugar#/media/File:Sugar_2xmacro.jpg（２０１９年９月10日アクセス））を改変して作成、同ライセンスを継承。その他の作中イメージの著作権はふくだぺろに帰属し、クリエイティブ・コモンズ・ライセンス（表示 4.0 国際）が適用される。

バッファロー・ソルジャー・ラプソディー

矢野原 佑史

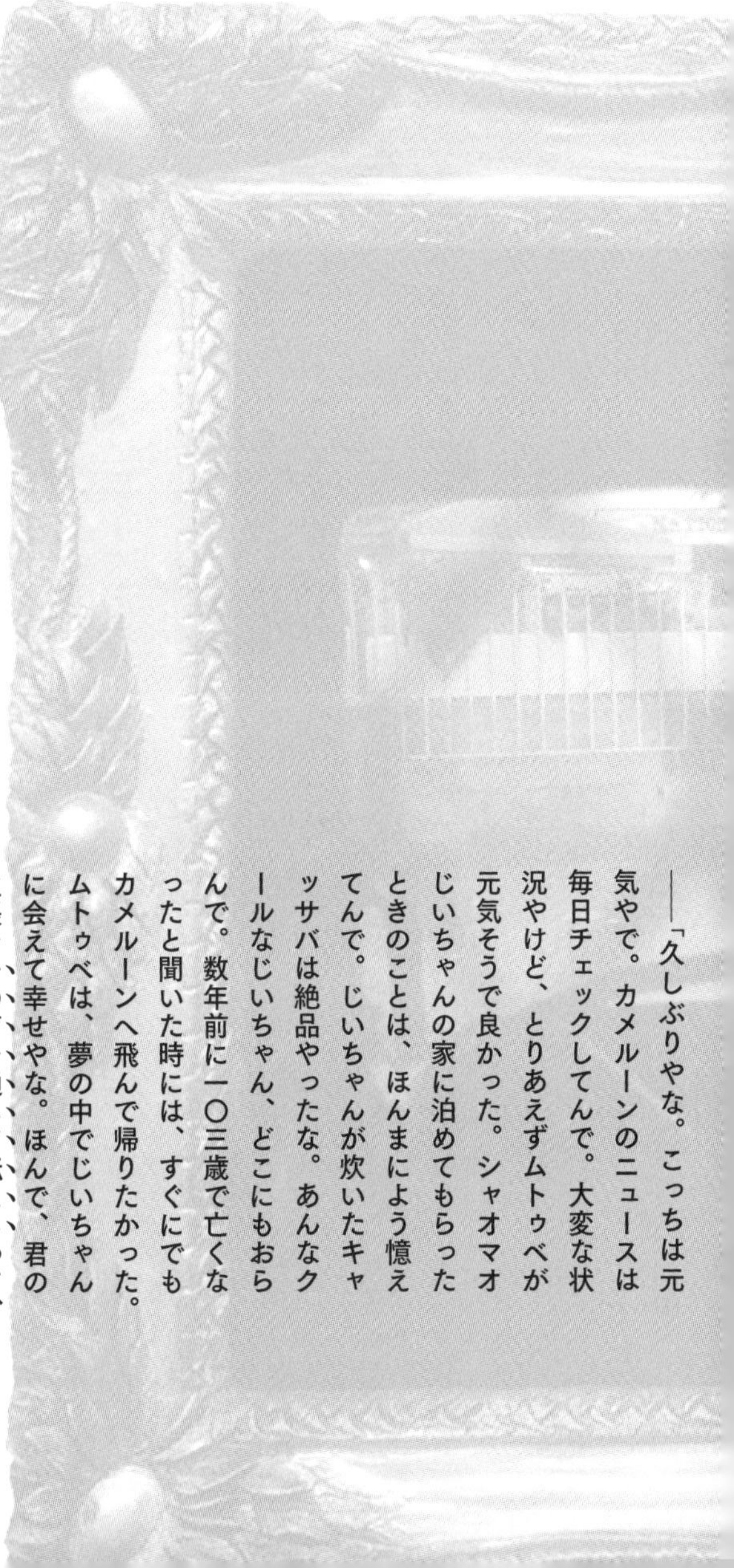

――「久しぶりやな。こっちは元気やで。カメルーンのニュースは毎日チェックしてんで。大変な状況やけど、とりあえずムトゥベが元気そうで良かった。シャオマオじいちゃんの家に泊めてもらったときのことは、ほんまによう憶えてんで。じいちゃんが炊いたキャッサバは絶品やったな。あんなクールなじいちゃん、どこにもおらんで。数年前に一〇三歳で亡くなったと聞いた時には、すぐにでもカメルーンへ飛んで帰りたかった。ムトゥベは、夢の中でじいちゃんに会えて幸せやな。ほんで、君の主張をキの声を通して伝えるって、一体どういうことなん？」

ピロンッ。

ンカーン、カーン、カーン、
ンカーンカ。
ンカーン、カーン、カーン、
ンカーンカ。

その夜、街灯のない街角に、聴き慣れない音が響き渡っていた。

ンカーン、カーン、カーン、
ンカーンカ。
ンカーン、カーン、カーン、

ンカーンカ。

その音は、シャイな転校生の自己紹介のように遠慮がちであった。寝静まるヒトビトの夢の中まで響き入ることはなかった。

ンカーン、カーン、カーン、
ポツッ、ポツ。
ンカーン、カーン、カーン、
ポツッ、ポツ。

あたりで昔から暮らしてきた大木の紳士淑女たちは、興味深そうに耳をそば立てていた。

ンカーン、カーン、カーン、
ポツッ、ポツ。
ンカーン、カーン、カーン、

ポツッ、ポツ。

その音の主は、降り出した小雨を浴びながら心の中でこう叫んた。

「俺は二つの願いを込めてこのキを植える。どうか、この国のヒトビトを目覚めさせておくれ。どうか、この世界に本来の姿を取り戻させておくれ」

ポツッ、ポツッ、ポツポツッ、
ポツッ、ポツッ、ポツ。
ポツッ、ポツッ、ポツポツッ、
ポツッ、ポツッ、ポツ。

気の早いニワトリが目を覚ます直前、そのオトコはようやく神聖なる近所迷惑を終えた。立ち去る前に、澄んだ朝霧が大きな二つの肺へと深く吸い込まれた。そして、祝詞のようなセリフが残された。

「俺が植えたキは俺の言葉。その言葉は日々ヒトビトに語るだろう、この国の現状を。響かせるのだろう、愛する国に生まれた俺の怒りを。俺が植えたキは語り合うだろう、手を抜いて施されたアスファルトの下で結びつく仲間たちと。伝え合うのだろう、途切れない俺の片想いを。アリガトオーキニ」

タッタッタッタッタッ、
タッタッタッタッタッ。

驚いた目をしたカメレオンが小さくなっていくオトコの背中を見守っていた。

タッタッタッタッタッ、
タッタッタッタッタッ。

植えられたキは、立ち去るオトコの足音が消え入らないうちから、紳士淑女たちへの自己紹介を始めた。

「よろしく、みなさん。今度、引っ越してきたプランテンのキです。正直こんな道路のど真ん中に植えられちゃって、少し戸惑っています。でも、それなりの役割が私に与えられたということでしょう。晴れ晴れとした諦念とともに、できるだけここで踏ん張りますよ」

地下でつながり合ったキの仲間たちのネは、ヒトビトが発明したＳＮＳや小鳥の囀りよりも早くそのニュースを伝え合った。カメルーンの首都ヤウンデの片隅で響き合ったネの反響は、テレパシーのようにニッポンの松原団地前にいるキたちのネとも一瞬で共振した。

ワイワイガヤガヤ、ワキアイアイ。

ワイワイガヤガヤ、ワキアイアイ。

キたちは本当にお喋りな連中だった。

ワイワイガヤガヤ、ワキアイアイ。

ワイワイガヤガヤ、ワキアイアイ。

「まったくもって騒々しい道路の中央でのお勤め、ごくろうさまです。実は、ちょうど今日、この松原団地前にカメルーンのヒトが到着したところなのですよ」

「へえ、どんなヒトですか?」

「なかなかのリズム感の持ち主でね、ときに歌うように話しますよ」

「へえ、いいな。歌っておくれよ、その歌を」


キたちがお喋りに華を咲かせている間、はるばるカメルーンからやってきたそのヒトは、寂しげなアパートでひとり、無事ニッポンへと辿り着いたことに感謝していた。まずはカミサマに。

「タンクユーゴッド」


それは西洋の言葉のようにも聞こえるし、アフリカの言葉のようにも聞こえる不思議な言葉だった。

次にアパート近くのコンビニへ行き、手頃なワインを買った。

そして、レジの店員に向けて、はじめてのニッポン語を話してみた。

以前、カメルーンで出会ったニッポン人から教わった唯一の言葉だった。

「アリガトオーキニ」

すると、その店員は一瞬で笑顔になった。あのニッポン人と出会えたことが久しぶりに嬉しくなった。

「彼は元気にやっているのだろうか。今は、どこにいるんだろう」

アパートへ戻る途中、そのヒトは冬の公園に立ち寄った。カメルーン北西部の町・バメンダのしきたり通り、公園のキの根元へと、買ったばかりのワインを注ぐためだった。

ンドッポ、ンドッポ、ンドッポ、

ンドッポ、ンドッポ、ンドッポ。

ワインボトルの口を上にすると、しばらくの間、ゴセンゾサマのことを思った。

ニッポンはお昼時だった。
公園を後にしようとしていた幼い兄妹が、不思議そうにその光景を眺めていた。

「アリガトオーキニ」

そのヒトは、あのニッポン人が教えてくれた感謝の言葉をまた口にした。
その兄妹は明るい笑い声を上げて、公園から飛び出ていった。

ンドッポ、ンドッポ、ンドッポ、
ンドッポ、ンドッポ、ンドッポ。

やがてワインは辺り一帯のサクラのネへと染み渡っていった。
気分の良くなったサクラのキたちは、そのマレビトへと祝いの歌を歌ってあげた。

「ナーウェルカムトゥージャパーンォー。聞きなれない言葉、飛び交うこの街。辿り着いたそこは噂のジパングと同じ価値？　今の君には見えないゴールド。故郷に錦まではまだ遠いよ。辿りつきたいゴールと早く会いたい肌の色の違う友。でもホールドーン。今はまだだ。気長に待とう、彼からのコールを」

その歌はフレッシュなニュースとして、ヤウンデの道路のど真ん中へと植えられたプランテンのキにも一瞬で届けられた。

プランテンのキは瞬時に気づいた。

自分を植えたあのオトコとニッポンへ渡ったそのヒトが、同じスラムのスラングを使うということを。

プランテンのキは知っていた。そのスラムを地元の民は「ジコルニャーダ」と呼ぶことも。

ダッダッダッダッダッ、

ダッダッダッダッダッ。

プランテンのキを植えたオトコは、いつの間にか朝焼けの中を走るジョギング集団の一員となっていた。

ダッダッダッダッダッ、
ハアハアハアッ。
ダッダッダッダッダッ、
ハアハアハアッ。

その集団の足音は、「フェーベイさん」と親しみを込めて呼ばれるフェーベイ山の頂上へと向かう斜面へと差し掛かっていた。

ダッダッダッダッダッ、
ハアハアハアッ。
ダッダッダッダッダッ、
ハアハアハアッ。

夜通しキを植えた直後のジョギングは、鍛え抜かれた身体を誇るオトコをもってしても
挫けそうなほどにつらかった。
それでも、破れそうな肺とともに走り続けた。
「何があっても日曜日の早朝ジョギングだけは欠かさない」とカミサマに誓ったのだから。

ダッダッダッダッダッダッ、
ココからココからココから。
ハアハアハアハアハアッ、
ハジまるハジまるハジまる。
ダッダッダッダッダッダッ、
ワレらのワレらのワレらの。
ハアハアハアハアハアッ、
狂気狂気狂気狂気！

もう少しで頂上へと至る時、集まった二十七個の肺たちは、その日一番の悲鳴を上げた。
そんな時、その集団は自分たちを奮い立たせる歌を歌うのだ。

ダッダッダッダッダッダッ、
ココからココからココから。
ハアハアハアハアハアッ、
ハジまるハジまるハジまる。
ダッダッダッダッダッダッ、
ワレらのワレらのワレらの。
ハアハアハアハアハアッ、
狂気狂気狂気狂気！

誰しもがすべてを忘れ、ただ無意識のうちに全身を前進させ続ける。

体中の余力を絞り上げて、大声で歌い合う。

あともう少しだ。


「あともう少しだ」

そのヒトは、初めて訪れる外国の街並みの中、小さく佇むアパートへの帰路で迷わぬよう、いくつもの目印をスマホでロギングしていた。

最初に撮影しておいた赤いポストが再びその姿を見せたとき、大人になったはずの自分が感じた小さな幸せを誰かに伝えたいと思った。

カッ、カッ、カッ、カッ、カッ、
カッ、カッ、カッ、カッ、カッ。

アパートの鉄製の螺旋階段は、建物の外側にぶっきらぼうにくっつけられたように設置されていた。雨ざらしのせいでひどく錆び上がってもいた。

カッ、カッ、カッ、カッ、カッ、
カッ、カッ、カッ、カッ、カッ。

そのヒトは、ボロボロの階段を愛でるようにじっくりとステップを踏んで上がっていった。その様子は、誰も見る必要がないのに外から丸見えであった。

カッ、カッ、カッ、カッ、カッ、
カッ、カッ、カッ。

ストリートに立ち並ぶイチョウのキが見守る中、そのヒトは目的地の四階へと辿り着いた。踊り場には、同じ階の住人のものらしき洗濯機があつかましく待ち受けていた。

カチャッ。

頼りないほど軽い開錠音とともに、そのヒトは誰もいない部屋へと無事帰還した。

ガチャガチャガチャガチャガチャッ、
ガチャガチャガチャガチャガチャッ。
ガチャガチャガチャガチャガチャッ、
カチャッ。

ジョギングを終えたそのオトコは、いつも通りなかなか口を開こうとしない南京錠をようやく口説き落とし、ンコルニャーダの部屋へと戻ってきた。
そこはオトコの部屋ではなかった。オトコの友人である、少し変わり者のニッポン人が借りている部屋だった。

「あのどうしようもないヤツ、元気かな？」

ベッドしかないような部屋のベッドに横たわったオトコは、そのどうしようもないヤツが残していったニッポン製のフォト・アルバムを眺めた。アルバムだけでなく、その部屋にはニッポン製のモノがいくつも置かれていた。ニッポンのプロ野球チーム・ハンシンのキャップも飾られていた。

そのどうしようもないニッポン人は、ンコルニャーダで間借りしたその部屋をいたく気に入り、ニッポンへ帰国している間、友人のオトコを住まわせることでキープしていた。しかも、どうしようもないニッポン人は、不在中の家賃を無神経にも全額そのオトコに支払わせていた。

「そういや先週、ンドンゴがニッポンへ出稼ぎに行ったんだったな。久しぶりにあのどうしようもないニッポン人と連絡を取ってみるか」

オトコはスマホを手に取り、そのニッポン人にメッセージを送ろうとしたが、どうにもこうにも眠くなった。

「とりあえず今は眠ろう」

そのオトコは、アルバムの横に置いてある宝物のひとつにそっと手を伸ばした。カミサマの言葉が書かれたその本に眠い目を通すと、いつだって安心して夢に臨めるのであった。

*

「今日からお前の面倒はワシが見る」

十二歳の時に突然両親を失ったオトコは、カメルーン南西部の町・クンバにて暮らす祖父に引き取られた。

その老人は、カメルーンで一世を風靡したカンフー映画の主人公になぞらえて、「シャオマオ」と呼ばれていた。一度怒らせると誰も手をつけられないことで有名で、ケンカを止めに入った警官の人差指をナタで切り落としてからは、いっそう村民たちに恐れられていた。やがて村民たちは少しずつシャオママオの家から離れたところへと住居を移していった。

誰もいなくなったシャオママオの家の近所に新しく引っ越してきたのは、マジョと呼ばれ、これまた恐れられていた女性たちであった。シャオママオの家の辺りには美しい水とどんな作物でも立派に育つ肥沃な土地があったので、マジョたちにとっては絶好のチャンスだったのだ。

その頃、カメルーン全土に電気が供給されだした。

「ねえ、シャオママオじいさん、何で僕たちの家には電気が来ないの?」

幼かったオトコは、シャオママオに尋ねたことがあった。

「マジョたちが電気を嫌がるからじゃよ。彼女たちの力で、文明の波をせき止めているのじゃ。ほれ見てみい、わしらの家の目と鼻の先で、電柱の列が急に途絶えておるじゃろ。政策さえもマジョの力には敵わんのじゃよ」

面白いことに、シャオママオはカミサマを心から信じていたので、マジョのことを全く恐れていなかった。ヒトビトと意見が合わず争うことはあっても、カミサマに背く真似はして来なかったシャオママオは、常に、「自分はカミサマに守られ導かれている」という揺るぎない自信を持っていた。たまたまお隣さんとなったマジョたちとの出会いも、一種のカミサマのお導きだと捉えていた。

マジョたちも、シャオママオを自分たちと同じ変わり者として受け入れた。シャオママオだけには心を許し、ヒトビトには絶対教えたことのないこの世のロジックを少しだけ共有することもあった。シャオママオは、そのロジックを幼かったオトコにも少しずつ教えようとした。

「いいか、よく聞くんじゃよ。この世で本当に賢いのはな、ヒトビトなんかではないんじゃ。計算高く頭をビュンビュン回転させるだけのヤツらは、本当の意味でのこの世を知らぬ。ヒトビトの前で静かに佇んでいるあのキたちをよく見てみい。キたちはヒトビトよりもずうっと長く生きてきた。この世界の成り立ちについて、ヒトビトよりもずうっと昔から知っているし、ずうっと伝え合ってきている。ヒトビトなんてまだ子ども同然なのじゃよ。いいか、難しく考えてはいけないよ。ただ、少しでもキの声に耳を傾けてみるのじゃ。キの声を聞くことは容易いことではないぞ。さ

あ、お前にそれができるかな？」

オトコが目を覚ました時、部屋に差し込む光の柔らかさはすでに夕方のそれとなっていた。オトコは、今度こそスマホを手に取り、あのどうしようもないニッポン人へとメッセージを送った。

＊

「久しぶりだな。元気か？　こっちは相変わらず英語圏カメルーンの情勢が怪しくなってきている。それなのにさ、ヤウンデの連中ときたら平気なもんさ。ほんと相変わらずだよ。そういえば昔さ、シャオマオじいさんの家に行ったこと憶えてるだろ？　あの時な、じいさんが俺に言ったことがあるんだ。『あのニッポン人との友情を大切に守り続けろ。彼はこの先お前にとってずっと重要な友人であり続ける』ってさ。笑っちまうよな、お前ほど俺と何度も激しく口論したヤツはいないっていうのにさ。まあ、とにかくそのシャオマオが最近よく夢に出てくるんだよ。それでさ、俺が幼かった頃に聞かせてくれた話を夢の中でもしてくれるんだ。『キをよく見ろ』、『キの声をよく聞け』ってさ。これが何度も続くから、俺、考えたんだよ。この話をすると、みんなに、『何言ってるんだかさっぱりわからない』とか言われるけど。つまりだな、カメルーンの現状に対する俺の主張をキの声を通して伝える方法があるんじゃないか、って俺なりに考えたんだ。俺はラッパーでもあるし、ペインターでもある。そして昨晩、俺はカツドウカにもなったんだ。小雨の降る中、骨の折れる作業だったけど、俺はやり遂げたぜ。またその写真送るからな」

ピロンッ。

薄い布団にくるまったニッポン人は、浅い眠りに入っていたが、タブレットの短い鳴動によって起こされた。

「こんな時間に、ほんま誰やねん」

タブレットをアンロックしてアプリを開くと、それは親友ムトゥベからのメッセージであった。ニッポンでの仕事に追われ、長い間カメルーンから遠ざかっていたどうしようもないニッポン人は、どうしようもなくムトゥベや他の仲間に会いたくなった。そのニッポン人は、こう返した。

「久しぶりやな。こっちは元気やで。カメルーンのニュースは毎日チェックしてんで。大変な状況やけど、とりあえずムトゥベが元気そうで良かった。シャオマオじいちゃんの家に泊めてもらったときのことは、ほんまによう憶えてんで。じいちゃんが炊いたキャッサバは絶品やったな。あんなクールなじいちゃん、どこにもおらんで。数年前に一〇三歳で亡くなったって聞いた時には、すぐにでもカメルーンへ飛んで帰りたかった。ムトゥベは、夢の中でじいちゃんに会えて幸せやな。ほんで、君の主張をキの声を通して伝えるって、一体どういうことなん？」

ピロンッ。

今度は、ンコルニャーダの狭い一室に短い着信音が鳴り響いた。オトコはすぐにニッポン人に返事した。

「おお、元気で何よりだ。シャオマオのことを憶えていてくれて嬉しいよ。でさ、俺の主張は二つあるんだよ。一つ目、この国が二十一世紀にもなって、ここまで堕落した問題を抱えているのは、ひとりひとりに責任があるってこと。例えばだけど、こっちの道路のコンクリート舗装がすぐに剥がれるのをお前も良く知ってるだろ？　工事でも何でも、楽をしようと中途半端にするヤツがいてさ、結局、後でそれが問題になるんだよ。いつまでたっても整備の行き届かない、暮らしにくい国になってしまうんだ。堕落しているのはセイジカたちの心だけではないってことさ。それで、二つ目。シャオマオがさ、やたらキのことを俺に話し続けたのは、やっぱり大切なことを俺に教えたかったんだよ。これら二つのことを俺は一つのカツドウを通して伝えるんだ」

ピロンッ。

「一つ目の主張はようわかったわ。どうやって伝えるんかはわからへんけど。ほんで、二つ目の、シャオマオじいちゃんの教えって何なん？」

ピロンッ。

「それを話すのは少し長くなるな。そっちはもう夜中だろ？」

ピロンッ。

「教えてや。もう完全に起きてもうたわ」

ピロンッ。

ムトゥベはニッポン人からの返事を読んだ後、ベッドの上でひとり目を閉じ、しばらくの間、記憶の中へと深く沈んでいった。

どうしようもないニッポン人は布団の上であぐらをかいて、両膝に手を置き、返事を待った。真っ暗な部屋の天井に目をやると、ンコルニャーダの部屋で一緒に住んでいたヤモリがサッと身を隠した気がした。その残像の尻尾が暗闇に消えても、どうしようもないぐらい懐かしい思い出たちと戯れることができたので、ムトゥベからの返事が届くまではあっという間に感じられた。

「実はさ、俺、十二歳までは妖術師になるためのトレーニングを受けてたんだ。シャオマオにじゃなくて、母方の叔父にさ。叔父は俺が才能を持っていることを見抜いてたんだよ。俺は夏休みが来るたび、叔父の家に泊まりに行ってた。タメの従兄弟と遊ぶためだよ。それで、遊びの延長線上で一緒に叔父のトレーニングを受け始めたんだ。そのことを俺の両親はひどく嫌がっていた。シャオマオと同じで、カミサマのことを強く信じていたからさ。『まっすぐ生きるために妖術は必要ない』ってお経のようにいつも唱えられたもんさ。でも、俺の両親が他界した時、真っ先に俺を引き取りに来てくれたのがその叔父だったんだ。そして、叔父の家に引っ越した次の日にはもう本格的なトレーニングが始まったのさ。今になって思うと、妖術の才能が全くない実の息子は諦めて、甥っ子の俺に後を継がせたかったんだろう。叔父とのトレーニングは厳しかったけど、両親を失ったばかりの俺は、『妖術を身につければ、ゴセンゾサマや両親に会えるのかも知れない』と必死だったよ。いつも自分に言い聞かせてた。『あともう少しだ』って。それでさ、俺にはやっぱりその道の才能があったみたいで、ぐんぐんと力をつけていったんだよ。妖術師になるためのトレーニングはね、少しずつ螺旋段階を降りて行くようなものなんだ。俺は気づいたらかなり深いところまで行けるようになっていた。そんなある日、叔父の言葉で言うところの『十二個目の海に潜る階段』にまでやって来たんだ。叔父のガイドに従い、さあ、その海の中へとゆっくり顔から入っていこう、となったその時、気づいちゃったんだよ。十二個目の海からはまったく違う世界に入っていくってことを。俺は慌てて顔を引き戻した。あまりにも恐ろしかったんだ、十二個目の海からは。俺は叔父に向かってはじめて、『今日はできません』と告げた。急にあんな恐ろしい世界を見ることになるとは思いもしなかったので、心の準備ができていなかったんだ。叔父は少しだけ眉間にシワを寄せたが、『まあ大抵の見習いたちは、ここに来るまでに何度も挫折するのだから仕方がない。続きは明日だ』と言ってくれた。その晩、なかなか寝つけなかったことを覚えているよ。何せ、十二個目の海で見たものが頭を離れようとしないんだ。それでも俺は、叔父に教わった初歩的な妖術を自分自身にかけて、何とか自分を寝かしつけた。そして俺は夢を見たんだ。両親が二人揃って出てきてさ、微笑みながら俺に言うんだよ。『大丈夫だよ』って。俺は、『二人に会えるようになるまで頑張るからね』と伝えた。すると今度は二人とも首をゆっくり大きく横に振って、大真面目な表情で、『大丈夫だよ』と言うんだ。その時、なぜだかわかったことがあった。『無理に妖術師になろうと頑張らなくて良いんだ』って。次の日、トレーニングの続きを始めようと叔父が準備している間、そのことを彼に相談しようかしまいか、じっと床を見つめて悩んでいた。そんなこと言ったら、この家から放り出されてしまうかもしれない。両親のいなくなった自分の行く場所なんて他にどこにもないじゃないか。枯れきったはずの涙が噴き出しそうになった。とりあえず便所へ向かって走ろうと顔を上げたその時だった。小柄なのに威圧感のある老人が玄関に立っているのが見えた。シャオマオじいさんだった。『丸三日かけて村から歩いてきた』って。そして俺にこう言ったんだ。『今日からお前の面倒はワシが見る』って。俺を迎えに来た理由は、『キの声とムシの知らせが届いたからじゃ。それ以外には何もない』とも言った。叔父は何も言わなかった。自分を育ててくれた実父に何も言い返せなかっただけかもしれないし、シャオマオの言葉が何か別の意味を持っていたからなのかもしれない。はたして俺はシャオマオの元で育てられることになった。ただ、俺の知る限り、シャオマオは、妖術師やマジョを否定したことは一度もなかったよ。『ヒトビトは、妖術でも何でも、自分の求めるものが楽に手に入る方法に頼ろうとする。この世において、ヒトビトの心ほど、恐ろしく醜いものになる可能性を秘めたものはない』とは言っていたけど。それで、だよ。俺の二つ目の主張はここからなんだ」

ピロンッ。

どうしようもないニッポン人は、思い出の余韻の中、微笑みながらムトゥベからのメッセージを読み終えた。

「シャオマオじいちゃんと同じようなこと、この前会ったオーサカ人のおばちゃんも言うとったで。ほな、二つ目の主張も聞かせてや」

ピロンッ。

ピロンッ。

ムトゥベのスマホにどうしようもないニッポン人からのメッセージが届くと同時ぐらいに、もうひとつのメッセージが届けられた。初めての時差ボケのせいでなかなか寝つけないでいたンドンゴからであった。

「ニッポンに無事着きました。ムトゥベさんの親友のニッポン人にもよろしくお伝えください。私は彼とは一度しか話したことがないので、もう私のことを忘れているかも知れませんが」

ピロンッ。

「おお、ンドンゴ。今、ちょうど、そのニッポン人とチャットしていたところだよ。どうしようもないヤツだけど紹介するよ」

ピロンッ。

「ありがとう、ムトゥベさん」

ピロンッ。

「おい、大事なことを伝えたかったんだ。ンコルニャーダからそっちに出稼ぎに行った弟分がいるんだ」

ピロンッ。

「えっ、ほんまに？　ぜひ紹介してや。僕の知ってる人？」

ピロンッ。

「お前たち、きっと一回ぐらいは会ってるはずだよ。今からグループチャットで繋ぐよ」

ピロンッ。

ピロンッ。

「こんばんは。今日こちらに到着したンドンゴです。ンコルニャーダで一度お会いしているのですが、私のことを憶えていますか？」

「ンドンゴ、はじめまして……じゃないねんな。正直言って覚えてないねんけど、ンコルニャーダ出身なん？」

ピロンッ。
ピロンッ。

ピロンッ。
ピロンッ。

「はい、そうですよ。まあ、あなたの肌の色は目立っていましたので、一方的にあなたを知っていた人は多いのでしょうね」

「まあ、何はともあれ、ソコルニャーダで出会った者同士で話せて嬉しいわ。あ、そうそう、『ソコルニャーダ』ってそもそもどんな意味か知ってる?」

ピロンッ。

ピロンッ。

ピロンッ。

ピロンッ。

「たしか『ンコル』は丘という意味なのですが、『ニャーダ』についてはわかりません。きっとウンド語なので、ンコルニャーダに暮らすウンド人に聞くほかありませんね」

「『ンコル』は忘れたけど、確か『ニャーダ』は『ロバ』って意味だったと思うぜ」

ピロンッ。

ピロンッ。

ピロンッ。

ピロンッ。

「ほんなら、『ロバの丘』って意味なんかな?」

「一応、ウンド人の友人に確かめてみますね」

ピロンッ。

ピロンッ。

ピロンッ。

ピロンッ。

「ありがとう。今日はもう眠いし、また今度、直接会って話そうや」

「『ロバの丘』っていうからにはさ、昔、この辺りにはロバがいっぱいいたんだと思うぜ」

ピロンッ。

ピロンッ。

ピロンッ。

ピロンッ。

「そうしましょう。おやすみなさい」

「おやすみ。会えるの楽しみにしてんで」

「何だ、もう寝ちまうのかよ。ちょっと話し足りないけど、そっちはもう遅いしな。じゃあ、続きは今度。おやすみ」

ピロンッ。

ピロンッ。

ピロンッ。
ピロンッ。
ピロンッ。
ピロンッ。

ンドンゴは、ニッポンに到着して間もなく、自動車メーカーの下請け工場で働きだした。『カメルーンの街中を走り回るニッポン製中古車タクシーの部品も、ここでつくられていたのかも』と考えると感慨深かった。だが、すぐに家族や兄弟、特に二歳になったばかりの息子の顔が浮かんできて仕事の邪魔をするので、ひたすら数を一から順にニッポン語で数えながら作業したり、大好きなボブ・マーリーの歌を頭の中で歌い続けたりした。

イーチ、ニー、サーン、シー、ゴー、

イーチ、ニー、サーン、シー、ゴー。

工場の従業員は、ニッポン人よりも、ンドンゴと同じように海外からやってきた人が多かった。

イーチ、ニー、サーン、シー、ゴー、

イーチ、ニー、サーン、シー、ゴー。

どうやら、他のみんなも、ニッポン語で数を数えて、退屈でハードな労働をやりすごしていたらしかった。仲良くなったナイジェリア人がそう教えてくれた。

イーチ、ニー、サーン、シー、ゴー、

イーチ、ニー、サーン、シー、ゴー。

数を数えるように日々が過ぎていった。

少し貯まったお金で、ナイジェリア人と遊びに出かけるようにもなった。

イーチ、ニー、サーン、シー、ゴー、
イーチ、ニー、サーン、シー、ゴー。

こっちの国のヒトビトは、「ン」から始まるンドンゴの名前をとても面白がった。カメルーンではなんの変哲もない自分の名前を生まれて初めて特別なものと感じた。

イーチ、ニー、サーン、シー、ゴー、
イーチ、ニー、サーン、シー、ゴー。

元々洞察力の高かったンドンゴは、「アフリカ」という言葉と「アメリカ」という言葉を聞いた時のこっちのヒトビトの反応が異なることを敏感に察知した。
ニッポン語で書くとわずか一字しか違わない二つの言葉。

ワタシはアフリカから来ました。
ワタシはアメリカから来ました。

特にンドンゴの口からそれらの言葉が発せられるとき、それらは全く違う効力を発揮した。

「アフリカ人」という言葉がその場を明るくすることも多かった。そんな時、ンドンゴの心も明るくなった。

「アメリカ人」という言葉を発すると単発の仕事がもらえそうな相手には、

そちらを使うようにした。仕送りのためだ。ゴセンゾサマも許してくれるだろう。
ワタシはアフリカから来ました。
ワタシはアメリカから来ました。

二つの言葉は似ているのに、それらは白と黒ほどに違った。

ワタシはアフリカから来ました。
ワタシはアメリカから来ました。
ワタシはアフリカから来ました。
ワタシはアメリカから来ました。

「『アフリカ』と『アメリカ』って、紛らわしいよなあ。いっそのこと、アフリカは『アフリコ』だったら良かったのに」

誰にも伝わらないブラック・ジョークを、真夜中の工場でひとり笑い飛ばしてやろうと試みた。

「そんなことより、あのどうしようもないらしいニッポン人はいつ会いに来てくれるのだろう」

イーチ、ニー、サーン、シー、ゴー、イーチ、ニー、サーン、シー、ゴー。

ンドンゴは、ある日、思い出したようにウンド人の友人に国際電話をかけて、「ンコルニャーダ」の意味を尋ねてみた。そして、ムトゥベが言っていた「ニャーダ」の意味が間違いであることがわかった。

「お元気ですか？　クンバにお住まいのご家族もお元気でしょうか？　ずっと前に、あのニッポン人が知りたがっていた『ンコルニャーダ』の意味ですが、『ロバの丘』は間違いでしたよ」

ピロンッ。

「おお、ンドンゴ！　クンバのみんなは無事だ。この前、カメルーンの北西部で暴動があったけど、バメンダの家族こそ無事かい？　で、ンコルニャーダの意味、本当は何だった？　あのどうしようもないヤツに急いで教えてあげてくれ」

ピロンッ。

「ありがとうございます。バメンダの家族は全員無事です。そうそう、『ニャーダ』はですね、ウンド語で『バッファロー』という意味なんですって。だから、ンコルニャーダは『バッファローの丘』になりますね」

ピロンッ。

「え、そうなのか！　すぐにあのどうしようもないヤツに伝えなきゃ。あいつ何かさ、ニッポンの大学に論文を提出しないといけないらしいんだ。それで『ンコルニャーダ』の意味を聞いてたんだ。それを出さないとカメルーンに戻って来れないらしい」

ピロンッ。

「わかりました。私の方から電話してみますね」

ピロンッ。

「頼んだぞ。それからさ、新しい歌ができそうだから、近々チェックしてくれよ」

ピロンッ。

「へえ、どんな歌なのですか？」

ピロンッ。

「歌詞はこんな感じ。『心で願うのさ、ユニティー。自分と戦い抜けば敵なんてどこにもいないから、振り回されるなよ無理に。そっちにいても、こっちにいても、あっちに行っても、どこに行っても、くだらないことに振り回されそうになる。俺らは俺らの気を吸い取られずに生きていこう、不死身。現実には如実な格差があるさ。俺たちは俺たちの高みを目指して生きていこう、フリーリー』」

ピロンッ。

「いいですね。私の好きなボブ・マーリーのメッセージみたいです。今の私にも、ニッポン人にも、世界中の人々にも、きっと響く歌になりますよ」

ピロンッ。

「俺のじいさんから伝授された作曲法でつくってみた歌なんだ。最後までできたら送るからな」

ピロンッ。

「楽しみにしています。私は最近、工場で働きながら、ボブ・マーリーの『バッファロー・ソルジャー』から着想を得た自作の曲を歌っていますよ。頭の中で、ですけど」

ピロンッ。

「お前の歌詞もまた聞かせてくれよ。それでさ、お前、いつか、こっちに帰って来るの？」

ピロンッ。

「もちろん。三年後ぐらいの話ですが」

ピロンッ。

「そうか、それなら、お前もあのどうしようもないニッポン人も、必ずバッファローの丘に戻って来るバッファロー・ソルジャーだな」

ピロンッ。

「ははは、ボブ・マーリーのあの歌も私たちのテーマソングのような気がしてきますね」

ピロンッ。

「じゃ、そろそろアトリエに行くよ。またな」

ピロンッ。

「それではまた」

次の日から、ンドンゴの頭の中では、彼だけの「バッファロー・ソルジャー」がより猛々しく響くようになった。

私はバッファロー・ソルジャー
数年後には故郷に一軒家
妻を説得した夢の語らい
まだ来ていないだけの未来

ンドンゴは、その日の晩、あのニッポン人に電話してみた。

近いうち、どうしようもなく寂しいこのアパートに、どうしようもないらしいニッポン人が来てくれることになった。


次の日、工場に着いても、そのニッポン人との再会が楽しみで仕方なかった。

ンドンゴは思った。

「とりあえず今は歌おう」

私はバッファロー・ソルジャー
数年後には故郷に一軒家
妻を説得した夢の語らい
まだ来ていないだけの未来
腹を抱えて笑ったやつら

交差し合って明滅する荒野

僕はバッファロー・ソルジャー
のるかそるかの一件だ
巻き込まれたいわれのない戦い
これはきっと命の計らい

とるかとられるか
タマシイ抜かれたのは見ているだけの人だった

君はバッファロー・ソルジャー
「アパートでヘイトと暮らすようなもんだ」
幻覚の補聴器を外したい
繰り返すのにはもう飽きたみたい

握ったスマホへの遠隔操作
届かない大気圏外から反射光を描写

俺はバッファロー・ソルジャー
数年後には新しい時代の到来
到着するまで抱えた闘い
到着してようやっと始まった将来

みるかみせられるか
正気／狂気の沙汰のあとの自然の淘汰

そして今は今を歌う

その心は

ウォイ、ヨイヨ
ウォイヨ、ヨイヨ
ウォイ、ヨイヨイヨ
ヨイヨ、ヨーヨ

ウォイ、ヨイヨ
ウォイヨ、ヨイヨ
ウォイ、ヨイヨイヨ
ヨイヨ、ヨーヨ

「リカノ」の発動——同時代的神話を紡ぎ合う我々の可能性

アフリカ大陸中西部に位置するカメルーン共和国は、他のアフリカ諸国と比べてユニークな点をいくつか持つ。まず、約二五〇もの言語が話される超多言語社会であること。そして、英語と仏語の両言語が公用語として制定されているバイリンガル国家であること。世界中見渡してみても、英仏語を公用語と制定している国はめずらしい。これは、フランス植民地であった東カメルーンとイギリス植民地であった西カメルーンが一九六一年に統合される形で現在のカメルーン共和国が誕生した背景に起因する。現在のカメルーン共和国は十州から成り、そのうち二州のみが英語圏である。統合以後のカメルーンでは大きな内乱が起こることもなく平和が保たれてきた、かのように見える。実際に現地で仏語話者のカメルーン人と話すと、その事実を築き上げてきたことがカメルーン人としての誇りであると述べる者も多い。だが、マイノリティーである英語話者のカメルーン人の一部には、英語圏の独立を長きにわたって訴えてきた分離主義者がいることももう一つの事実である。

二〇一六年からは、裁判や教育の場における仏語話者優勢の状況に対して、若者やミュージシャンのみならず、弁護士や教員たちも声を上げ、激しい弾圧を受けてきた。海外に活動拠点を移して非難声明を届ける者もいる。筆者の調査対象である若きカメルーンのラッパーたちが生み出す歌詞からも、彼らの痛切な想いが伝えられる。若者たちの中には、国外へ飛び出して行く者もいる。近年では、人口減少と少子高齢化の問題から外国人労働者を必要とする日本も、その有力な選択肢のひとつとなっている。

本章では、カメルーンの首都・ヤウンデにあるスラムから日本へと出稼ぎに来た青年男性・ンドンゴ(「そのヒト」)、苦悩の末にカメルーンに残ることを決意した同じスラムのアーティスト・ムトゥベ(「そのオトコ」)、そのアーティストが活動の一環として路上に植えた木(「プランテンのキ」)とその仲間、そのスラムで彼らと出会った「ニッポン人」が、さまざまな境界や時空間を超えてポリフォニックにコール・アンド・レスポンスし合う今を奇想曲として描き残すことを試みた。各々の心は自ずと歌い出し、その旋律は共鳴し合う。やがて倍音やノイズを生み、聞こえないはずの声が聞こえてくる。その声が巻き起こすアフリカン・グルーヴを、テクストに刻印することは可能だろうか？

そのグルーヴを表現するために、ここでは実験的文体を用いた。それは、筆者の調査地のひとつであるカメルーンの熱帯雨林に暮らす、バカBakaという民族が紡いできた語りの文化「リカノlikano」を模したものである。文字文化を持たないBakaは、それを必要としないほど豊かな音によるコミュニケーション伝達方式を発達させてきた。無数の虫たちが一斉に鳴き出す夜、心地よい薪火が家族の顔を照らす中、語りのマジシャンと化した大人たちによってリカノは紡がれる。彼らは、巧みな押韻とメタファー、擬音語、擬態語を織り込みながら、まるで熟練したラッパーのように聞き手の想像力を拡張していく。話の合間には必ず聴衆参加型のコーラス部が用意されており、同じコーラスが四回ほど繰り返されると、再び語り部は続きを語り出す。その周期は一定で、気がつけば聞き手の頭の中には、現実世界と地続きのもう一つの世界が縫い上げられている。即興性と遊びの要素を多分に含んだリカノは、予測しなかった方向へと展開していく。特に年配の語り部たちは、抜群の間を駆使して不思議なグルーヴを生み、聴衆を飽きさせることなくズブズブと奇譚の深淵へと連れて行く。聞き手はやがて興奮しだし、歓声や笑い声を上げ始める。そして誰しもが異世界にドップリと浸かって酩酊してきたその時、急展開の結びとともに、突然、締めの言葉がコールされる。聞き手は、お決まりのレスポンスを返すと同時に現実世界へと引き戻され、我に還ることとなる。真夜中のトリップは、それぞれの聞き手に一定の余韻をもたらし、何かしらの意味を与えることがある。その話は多義性を含むものだったのか、ただひとつの意味を伝えるためのものだったのか、はたまたまったく意味のない話だったのか。その答えを語り部が教えることはないだろう。ときにその答えは、各々の人生の発酵具合とともに、ひょっこり顔を出すのかもしれない。

今は今もただ応答を待つのみである。

クレチェウの故郷

青木敬

——白い人びとはこの表現を気に入ってくれたみたいだった。どうやらサウダーデに似ている感情が彼らの心に響いているみたいだ……彼らの感情も僕らの感情も、ひとつになろうとしていた。この共通の感情を歌にして小さな島の熱帯風になびかせた。この歌こそがモルナである。その後、モルナという音楽は白人も黒人も関係なく、僕らクリオウロの歌として根づくことになった。

――わたしはどこにもいないし、どこにでもいる。

わたしはあの混ざり合った事物に潜んでいるし、君の心の痛みの中でひそひそと生きている。誰かの詩《ことば》のリズムに乗って踊ることもあるし、憑依した彼の感覚のちょっとした隙間に顔を出すこともある。あるときは、喜びに満ちた人の頬として存在しているし、海の風と月の光の結晶体として生を見出すことだってある。

――わたしはどこにでも行けるし、どこにも行けない。

無理矢理に説明するならば、わたしは「空気」と呼ばれるものの現実と虚構のはざまにでもいるのだろうか。だから一人称で語るべきなのか、二人称で語るべきなのか、あるいは四人称で語るべきなのか分からない。でも「あそこ」と「ここ」にはきっと存在しているだろう。

いまはどこにいるのかと言えば、誰にも気づかれないであろう大西洋にひっそりと浮かぶ島に少しの間、居座ってみようと思ってみた。なぜならここの風は気持ちが良いし、大洋と夕日が駆け落ちする瞬間は美しいからだ。それでいて灼熱の太陽がわたしに強烈なエネルギーを与えてくれると思ったら、鳥肌が立つほど嬉しい。そんなときの感情は何とも言えない。この島はその何とも言えない情の美しさに呪われている。

黒人の詩《ことば》

西アフリカの黒人／大西洋の奴隷船のなかで

人間は皆、肌が黒いものだとばかり思っていた。しかし僕の考えが間違っていることに気がついた。いま、母が待っている村から僕をどこか遠くへ連れて行こうとしている人びとがいる。彼らは僕よりも肌がずっと白いはずなのだが、敵を威嚇するためなのか、身体中をまっ白く塗り、その上に奇妙に黒みがかった赤色の縞模様を引いている。もしも僕を威嚇するためにそんなペイントを施しているのだとしたら、彼らは愚かだ。なぜなら僕には威嚇どころか、親近感さえ湧かせるものだからである。

この連中が悪い奴らだということを知るために時間はかからなかった。僕の足に重りをつけ、丈夫な縄で手首を縛りつけている。慣れた手つきだ、などと感心している場合ではない。幾重もの小さな針が心臓を絶えず刺すように、心が痛み始めてきた。突然の出来事だったから何が起きているか状況を判断できない。でも「何か」が、得体の知れない「何か」が感覚を通じて教えてくれる。村の地を踏むことは二度とない、と。そして今後一切、母とも兄弟とも、親しい人とも、誰とも再会できない、と。僕の瞳に乾いた雨が降った。この雨を二度と忘れはしない。

気がつくと僕は奴隷船に乗せられていた。波に揺られ、どこか遠くへ連れて行かれる。恐怖がすでに僕の身体中に絡みついていた。しつこいほどに粘り気がある。薄暗く、強烈な体臭と排泄物が僕の意識を朦朧とさせた。その一方で僕を覚醒させようとしてくれるものがあった。波の揺れと海の塩辛い匂い。いままでに感じたことがなかった初めての感覚だった。僕にはその正体がすぐには分からなかったが、ある記憶を僕に思い起こさせた。母のお腹にいたときだったろうか、それとも母に抱っこされていたときだろうか。そのとき感じていた心地の良い揺れ。そこに宿る塩辛い匂い。そのどちらもが僕を落ち着かせてくれた。

しかし、周りには悲鳴を上げている同胞が大勢いる。恐怖に耐えられなかったのだろう。すると突然、緊迫した空気が一瞬、緩んだ。同胞の一人が気を失ってしまったようだ。いや、きっと死んでしまったのだろう。もう動かない。声も出ない。屍だ。僕はこのとき、生きることだけを決意した。どんなに辛くても、どんなに死にたいような気持ちになっても、僕は「いま」に意味を見出すしかなかった。ほかに方法なんてない。僕は同胞のように死にたくない。海の奥底に届くほどの深い悲しみに陥りたくない……僕は僕の心に詩を綴った。

『愛しきものへ』

母へ……
僕は「白い人びと」に捕まってしまった。
ここがどこか分からない。
薄暗い森の中のよう。
あの日溺れかけた、あの息苦しかった川の中のよう。

あなたを愛しています。
僕は捕まってしまった。

兄弟へ……
僕は「白い人びと」に捕まってしまった。
ここは地の果てだ。
僕は生きることを諦めかけた。
僕は己の弱みを隠せなかった。
お前たちは良い人生を歩むんだ。
僕は捕まってしまった。

故郷の村へ……
僕は「白い人びと」に捕まってしまった。

ここには水しかない。
ドッポン、ドッポンと揺れる乗り物に乗って。
賑やかな村の祭りが恋しい。
あなたはいつまでも家族を見守っていて下さい。
僕は捕まってしまった。

黒人奴隷／熱帯植民地最初の街

錨が海の底に落とされ、僕はそこに広がる新しい世界を目の当たりにした。朝日が昇ろうとしている。強風が吹き、鳥肌が立った。肌寒い。何もかもが初めての体験だ。目の前は大勢の人で賑わっている。僕の故郷よりも豊かな土地であることが一目で分かった。ここは楽園なのか、それとも地獄なのか。

そしてすぐさま、あの奇妙な縞模様の白い人びとは、一時的に作ったであろう藁小屋に僕と同胞たちを閉じ込めた。僕は同胞たちに話しかけようとしたが、ことばが通じないようである。仕方なく藁の隙間から外を見ると、大勢の同胞が歩かされているのが見えた。歩かせているのもまた「同胞」だった。なぜ黒い同胞が黒い同胞を歩かせているのだろう。僕はこの先どうなるのだろう。恐怖を隠しきれなくなってきた。僕は動揺し、身体の震えが暴走し出した。

藁小屋に男性が入ってきた。風変わりな布をまとった「真っ白」な人だったから僕は驚いた。男はこちらを見回し、唯一正気を保っていた僕を連れ去った。最初は抵抗しようと思ったのだが、次第に無意味なことであると知った。もうそんな気力はない。疲れ果てていた。腹も減っていない。体力の限界という意味が真に理解できた瞬間だった。

僕はバナナ園への終わりのない道を歩かされた。実際は一時間もなかったと思うが、それはもう途方もなく長く感じられた。薄暗い中、地平線に小さく光っていたあの朝日は、すでにてっぺんにきてギラギラと輝き出している。先ほどまで肌寒かったこの地も、いまでは灼熱地獄だ。全身の毛穴が大きく開くのを感じ、そこから流れ出る洪水のような汗は、永遠という意味を僕に教えてくれた。僕は白い人のことばをまったく解さないが、彼らは僕をこう呼んだ。「クリオウロ」。

道中、白い人は腰を下ろし煙草を喫み、僕の顔をにらむようにしてじっと見つめている。しかし、心のうちはどこか寂しそうに感じた。何か迷っているのか。もしかしたら僕はもうだめかもしれない。でも母に約束したんだ。兄弟にも、故郷の村にも。僕は何があっても生きるんだ……！

白い人は僕に何かを伝えようとしていた。しかし、ことばが分からないから仕方がない。そう諦めかけていたときに、彼は片手に十字形の形をした物を取り出し、手を縦と横に動かして何かを表現し始めた。何だこれは、呪いなのか。残りの力をふり絞り、僕も同じ動きをしてみた。すると白い人は初めて笑みをこぼした。今度の笑みは優しさに満ちているようにも見えたが、やはりどこか寂し気だった。偽りなのか、真なのか。考える力もなくなり、僕は気を失った。

＊

さざ波の心地よい音が僕に息を吹きかけてくれた。僕は干し草の上に寝かされていた。もう縛られていない。自由なのか。ここはどこだ。外へ出てみると真っ暗で、夜空に無数の星が輝いていた。同胞は数十人おり、砂辺に焚火を灯して踊っていた。懐かしい。村にこんな踊りはなかったが懐かしいリズムだ。ただそう感じたんだ。このやるせない歓喜が僕の歩を皆の元へと進めた。そして同胞たちと踊った。狂うように踊った。波が運ぶ月の光と砂辺を照らす焚火の薄明りは同胞たちの顔を躍らせた。彼らはどこからか手に入れた、グローグと呼ばれる蒸留酒を煽るように体内へと流し込み、正気を失ったかのようにさらに激しく踊るのであった。僕もこのグローグとやらを同胞からもらい、風が運んできた海の砂が混じったその液体が入っている容器を口まで運んだ。そして、僕の厚い唇が液体に触れた途端、発狂した。大海原に向かって叫んだ。火のように熱い酒を噴き出しては飲み、飲んでは踊った。グローグを水のように浴びた。もはや僕らの血はあの黄ばんだ色のグローグそのものと化している。同胞は皆、手で身体を叩き続けてリズムを創る。それは村の深洞の打楽器、ジェンベと同じリズム。

"Djum Dja Dja DJAM, NDAN. Ndo Dá NDIN, Di Di Di Dón"

変わらないリズムが永遠と響く。喜んでいるのか悲しんでいるのか分からない。母よ。兄弟よ。村よ。僕はもう僕ではなくなった。もはや別人なのだ。ぼくは虚構の世界と現実の世界のはざまで存在している。そんな気分だった。そしてもう二度とこのはざまからは抜け出せない。さようなら、僕の美しき過去の記憶よ。

『魂の叫び』

僕の魂は発狂した。
村に戻りたい。
家族に会いたい。
ジェンベを叩きたい。
故郷の空気の音に触れたい。
現実はどこだ？　虚構はどこだ？

そのはざまの世界は酷だ！
身体の奥底に眠る得体のしれない叫び。
それを詩《ことば》にはできない。
身体が勝手に動くんだ。
砂混じりのグローグの強烈な風味が舌の上でザラザラと踊るとき、
同胞が身体を叩く音、そう、ジェンベのようなリズムが体内を巡るとき、
そんなとき、僕の魂は一瞬だけ、村へ帰郷している気がした。
今だけ叫ばせてくれ！

翌朝、ひどく頭が痛かった。グローグは危険な飲み物だ。そう思った。しかし、僕の身体の心配をしている時間なんてなかった。奇妙な縞模様の白い人びとがやってきたのだ。そして僕と同胞たちを昨日のバナナ園の近くへ連れて行き、トラピシェという製糖機を回させた。トラピシェは単純な作りだった。中央に石材で土台が作られ、その上には丸太よりも少し細いくら

いの長くて丈夫な枝がある。その枝を回してサトウキビを押し潰し、これを発酵、蒸留させてグローグを作るという仕組みだ。僕は何時間もトラピシェを回し、またもや地獄を見てしまった。僕の肌に直射日光が沁み込み、体内のあらゆる水分が放出される。嵐のように水分が吹き飛ばされてゆく。数時間すると自分の腕を支えているだけでも精一杯だったが、手を緩めればあの白い人びとが僕の背中や手首を鞭で打つだろう。思い出したくもない。肌がめくれ、血まみれになる。やがて触感がなくなると、僕はただの「血肌」をまとっているように感じた。涙なんて一滴も出ない。流れるのは真っ赤な「血汗」だけだった。午前中は必死に働いた。僕はもう、一歩も歩けない。

愛しのクレチェウ／大西洋の底に響く愛の音

夜が更けて海風がなびくと、僕は触感を取り戻し、肌が自分の身体の一部を成していることを認識する。「夜」とは、僕にとって自由を意味するようになっていた。僕と同胞は何とかジエンベの音を創り出すために腿や胸を叩いた。それは僕たちが分かち合ってシンコペートした独特のリズムだった。この音に合わせて歌うんだ。皆が、何を言っているかなんて分からない。でも僕は僕の詩《ことば》を歌う。僕の身体で。僕のやり方で。でも気がつくと皆の歌い方が似てくるんだ。不思議だな。同胞と同じ時間をともに過ごしていると、ことばが通じなくても何が言いたいかが段々分かってくる。そして気がついたときには皆、同じことばを使い、分かち合っている。同じ空気を吸い、同じ風を浴び、同じことばを弾ませて己の空間を創造し、そしてそれを共有するんだ。けれどももっと不思議なことは、あの奇妙な縞模様の白い人びとがクリオウロのことばを流暢に話すことであった。これには驚いた。が、それは僕たちのあいだで隠し事をすることができなくなったことを意味した。僕が歌っていたあのバトゥクの歌には秘密のメッセージがあったのに。僕はこの演奏が好きだった。そこに秘密が隠されていようとは誰も思っていないだろうから。この限られた音の中で自由に心を躍らすことができた。それはバトゥクとグローグの両方に備えられている潜在的な力だ。

ところが、ちょうど同胞とのあいだに深い絆が生まれようとしていたとき、白い人びとは僕らの腿叩きのリズムに合わせて歌うバトゥクに対して嫌悪感を抱き始めたのだ。それを野蛮だと決めつけて一方的に嫌ったんだ。いよいよ秘密のメッセージをどこにも隠すことができなくなってしまった。僕たちのことばを解するうえにバトゥクの演奏も禁止されたら、僕たちの心はどこへ隠せばいいいんだ。もう隠すことなんてできなかった。もうだめだ。打ち明けるしかない。いや打ち明けた方がいいだろう。もう限界だ。この愛の気持ちを抑えることは鞭で打たれるよりも苦しい。身体が痛いか、心が痛いか。流血を美しいと思うか、それとも落涙を美と感じるか。あるいはまた、その分かち合いを美として意識するか。いずれにしても、僕には限界がきていた。愛を心に留めておくことほど辛いことはない。届かない愛を心の内に留めることほど苦しいことはない。この想いこそがクレチェウの源泉。僕が愛した女性。

『愛しのクレチェウは死んでしまった』

痣ができるほどに己の腿を叩き、クレチェウに僕の溢れる愛を幾度となく伝えようとした。

いよいよ血まみれになるほどに腿を叩いた。鞭を打たれているのか、みずからの腿を叩いているのか分からないほどに。

泣き崩れるほどの熱い想いは届かない。白い人びとに殺されてしまうから。そう考えたときに涙が一滴だけ虚しさとともに頬を走る。僕の愛は死に負けたのだ。でも愛していた。そのことに変わりはない。それは現実であり、紛れもなく事実だ。

愛しきクレチェウよ。クレチェウへの愛は島風に流されて大西洋のどこかを彷徨っていることだろう。さようなら。きっと、大西洋のどこかで落ち合うときがくるだろう。もしかしたらこの想いと歌を、僕の死んでいった同胞たちが拾ってくれているかもしれない。クレチェウへのセレナードを。

僕の同胞たちよ。僕は人生で初めて女性を愛することができた。お前たちはこんな経験をしたことがあるか。僕はいまはっきりと、胸を張って「ある」と言える。大西洋の大海原に向かって叫んでやろうか！　大西洋のように深い愛を感じることができた。そしてその気持ちを大西洋へ向けて歌った。

この愛がクレチェウに届くことはもうない。クレチェウは同胞たちと大西洋の奥深くに眠ってしまったのだから。だから大西洋の大海原に向かって歌うんだ。愛は届かずとも、この強烈なリズムがきっとクレチェウの身体に響きわたるだろう。そして彼女が呼応したリズムはいつか僕に届くことだろう。

クレチェウよ、僕の音が聴こえるか。

＊

クレチェウの死は美しかった。血みどろの身体、血みどろの涙。でも心は透き通るほどに澄んでいた。だから美しかった。さようなら。僕の心を隠すことはもうできなくなってしまった。

クレチェウを連れて行ってあげたかった。宇宙の景色を見せに。宇宙から見た大西洋の景色を見せてあげたかった。

淡いソダーデ／島の熱帯風になびかせながら

僕のクレチェウに対する心の想いはたやすく届かないけれども、もしかしたら何かしらの方法はあるのかもしれない。もう死んでしまって身体で感じられないならば、心で感じればいいじゃないか。宇宙にいようが、大西洋の奥底で眠っていようが、あるいは小島の土に埋められていようが、虚構の世界にいようが、あるいは反対に万が一、現実に生きているにしてもだ。君にいつかは届くのかもしれない。

このような哲学はいままでに感じたことも考えたこともなかった。この島にきてから創造した哲学。考えてみれば、腿叩きのバトゥクが禁じられたいま、僕はこの哲学にすべてを捧げるしかなかった。僕が生きるうえで必要なものは哲学と音楽であり、これらがなければ僕はきっと人生を諦めていたことだろう。

不思議なんだ。いままでにないこの感覚をどう描写できよう。届くのに届かない。光が見えるのに闇に包まれる。愛しているのに距離を置きたい。ひとつひとつの想いに表れるこの感覚を、僕はルジタニア人の「サウダーデ」ということばに忍ばせることにした。それは海波の音にも現れるし、一瞬の波しぶきにも姿を見せる。灼熱の太陽がかく汗にも、薄暗い街の木々を揺らす大西洋の風にも、その複雑な想いが僕の内在へと化ける。その瞬間に「あぁ、ソダーデ」と口が弾む。それは感極まったときに思わず唇と心臓が震えて外在へと化ける。ただし、僕らはサウダーデという白人のことばなんて使わない。だから僕らはクリオウロのことばで表現する。

「あぁ、ソダーデ」と。

＊

白い人びとはこの表現を気に入ってくれたみたいだった。どうやらサウダーデに似ている感情が彼らの心に響いているみたいだ……彼らの感情も僕らの感情も、ひとつになろうとしていた。この共通の感情を歌にして小さな島の熱帯風になびかせた。この歌こそがモルナである。その後、モルナという音楽は白人も黒人も関係なく、僕らクリオウロの歌として根づくことになった。

白人の詩《ことば》

罪びと／アフリカの島への追放

その日、俺は島流しにあった。追放された先はサンティアゴという島。そこは海に隔離された刑務所だ。入ってしまったらもう死ぬまで解放されない、世界に忘れられた島。俺はこんな島でどうやって生きていったらいいんだ！　リスボンとは何もかもが違うんだ。発狂しそうなくらい、俺は自分の人生を恨んだ。食べ物だって、住居だって、風景だって、何もかもが違う。俺はここで数週間も経たないうちに朽ちるに違いない。そう思うほどに、もうどうでも良くなっていた。自殺しようかと真剣に考えた。何でなんだ。俺は……俺が一体何をしたと言うんだ!!　悔しさと苦しさと、切なさ、俺の心が暴れ出してきた。汗が止まらない。俺は不安で仕方がなかった。すべてを捨てるという苦悩。そんな気持ちになったのは初めてだった。夜も落ち着いて眠れない。悪夢しか見ないからだ。俺は黒人に呪われ、奴らに生きたまま食べられる夢を見る。気がつけばもう陽は昇っている時間。俺は誰なんだ。俺は何で生きているんだ。恐怖が俺の心を覗き込み、俺は緊張していた。

このアフリカの島に住んでいる奴らのほとんどが黒人奴隷。異教徒の野蛮な連中しかいない地で俺は一生を過ごさなければいけない。俺の人生はこうして終わるのかと思うと虚しく感じた。何のために生きるんだろう。もう分からないほどに俺の心が参っていた。死にたいと思ったが、俺には自殺する勇気なんてない。

＊

俺は決断しなければならなかった。この世は生きるか死ぬか。覚悟は決めた。キリスト教徒を侮辱し、異教徒も軽蔑する俺には、ほかに生きる道はもうないんだ、と。決断という行為は、自分で決めるというよりは、己にその決意を言い聞かせることで決断へと変わる。だから決断を下すときは、自分の中で本当に決めているわけではない。それが俺の哲学だ。仕方なく自分に言い聞かせていることに従うだけだ。これを覚悟というわけだ。俺はいま、この覚悟を決めたわけで、もうポルトガルの地はもちろん、ヨーロッパの地すら踏むことはない。もうどうにでもなってしまえ！　それで良い……俺は生きるんだ。刑務所のような呪われた島で生き延びてやる。ルジタニア人として、ポルトガル人としての微かな誇りだ。その覚悟のうちには、運命に従いながらも、どこか抗いを隠せない自分が存在する。矛盾しているように思えるが、運命に抗っている自分には悲しさを覚え、従順な自分には歓喜が湧いてくる。この感情は自分でもよく分からないが、俺の心は理解してくれている。だから納得しているんだ。俺はこの地に別れを告げる。俺は決断した。覚悟だってした。さらば故郷よ。運命に抗いつつ従うんだ。あぁ、これほどまでに強いサウダーデを感じたことはない。さらばテージョ川よ、さらば我が土地よ。

エキゾチックな白人／奴隷の行き場

そうして俺は、数週間の航海を経てサンティアゴ島にたどり着いた。そこには縞模様を肌に描いた風変わりな連中がいる。何だこいつらは、白人ではないか。しかし、肌が白いだけで身体の動かし方やしゃべり方、笑い方などとてもではないがポルトガル人とは思えない。低俗なポルトガル人め！　白人が何でこんな滑稽な姿をしているのだ。俺はそう思った。だが、俺も同じような姿になるのに時間はかからなかった。この連中はサンティアゴ島で生まれた白人なのだ。こいつらはサンティアゴ島からアフリカの海岸沖まで航海し、大勢の黒人をとっ捕まえてはサンティアゴ島で「賢い奴隷」に育て上げる。連中は黒人女と暮らしているせいか、サンティアゴ島の奴隷のことばを巧みに操ってやがる。こいつらの子供は褐色肌でクリオウロの子だ。

この島に住んでいる白人はいろいろだ。ポルトガル人神父、ポルトガル南部の町アルガルヴェからやってきた貴族、そして一攫千金を狙いにやってきた商人。この商人たちが縞模様を身体中に塗りたくって黒人を真似ている。こうしてアフリカの沖合まで行き、黒人の奴隷商人とうまく交渉を交わして、サンティアゴ島まで大勢の奴隷を連れて帰るというわけだ。この連中はどうやらランサードスと呼ばれ、サンティアゴ島のことばを操る。しかし、サンティアゴ島のことばのリズムというのも、不思議なものでどこかポルトガル語に似ている。だから俺は数か月もあればその愚かなポルトガル語の方言を話せるようになっていた。

連れてこられた黒人奴隷たちが何をしているかって？　実に単純だ。奴らのような野蛮人には俺らのためにプランテーションで働かせるか、あるいはその中の優秀な奴らにはキリスト教徒に改宗させてからラテン語とポルトガル語を覚えさせる。何しろキリスト教の精神を理解しているだけで、こいつらは奴隷として高く売れるんだ。俺らの最大の狙いはサンティアゴ島のプランテーションじゃない。むしろブラジルに住むポルトガル人や新大陸《ヌエボムンド》を支配しているエスパーニャの連中に奴らを売ることだ。エスパーニャの連中だって、キリスト教の信念を理解し、ラテン語も読める奴隷がいるのならば買わない理由がない。俺らはぼろ儲けってわけだ。だから、奴隷だからといって何をしても良いわけではない。何しろ商品なのだから。こいつらは労働力として大いに使えるだろうし、俺らの仕事にも役に立つだろう。奴隷によってはヴァイオリンを演奏できる奴だっている。これには驚いた。なぜ野蛮人が楽器を弾けるんだ。見事だ。本当に優秀な奴らだ。奴らの演奏は俺の心を鷲掴みにしやがる。あの音色からは母親が赤ん坊を撫でるような優しささえ感じさせる。心が痛むのに、それがもはや安らぎになっている。そんな想いにしてくれる。こんなことはいままでになかった。

「流された」ランサードス／サンティアゴの島へ

俺だって苦しいんだ！　俺に家族なんていない。けれど、この世に生まれたからには誰かの子だ。この島では黒人が商品にされて白人が商品を使う、いわば白人が中心の世界だ。しかし黒人は商品なのだから傷つけないよう、大切に扱われるべきだ。だがな、皆、本当は黒人に対して違う感覚を持っているはずだ。俺らは交易をしているだけだ。そりゃ、黒人たちのことを考えると気の毒だ。だけど仕方がないだろう。俺だって島流しの刑に処されたんだ。弱者のはずだったが、ここではなんだか強者にも弱者にもなれない気がする。俺はどこかで白人に支配されている気になり、同時に黒人に支配されているような気もした。なんてことだ。いったい俺は誰なんだ。この島へ流されてから俺の哲学は変わろうとしていた。いままでの常識が通用しない。俺は変わらねばならない。こうして俺は縞模様をしたあのランサードスの一員に無理矢理なったんだ。

『俺の罪は心にあり』

寂しさよ、俺の心から出て行け。
悲しさよ、俺の心から出て行け。
出ていけ、俺のすべてよ。

でも、俺の心からは何も出て行かない。
だって俺は素直に寂しいのだから。いつでも訪れてくる。この寂しさが。あの辛さが。

だからもう虚栄心なんて捨てたよ。

俺は過去を忘れて未来の悲しみに嬉しさを覚える。寂しさを好きになろうと。未来への寂しさを喜ぼうと。これが俺の新しい哲学なんだと。思ったんだ。確信したんだ。

俺は生まれ変わった。サンティアゴ島にきて変わったんだ。ここの生ぬるい風が気持ち悪い。最初はそう思っていた。しかし少しずつ、少しずつこの気持ち悪さが心地良さへと変化するんだ。季節の変わり目のように。なぜだろうか。けれどいまはこのモヤモヤが気持ち悪い。

こんな気分はどこかで己の罪を認めた証拠なのだろうか。だが俺は罪など犯しちゃいないさ。仮にキリスト教を冒涜することが罪ならば、認めることだけが良いとでも言うのか。罪などどうでも良い。あえて言うならば、俺の心が罪を犯しているのだろう。そしていま、その罪を償っている。

俺は変わったんだ。俺は寂しさを愛している。俺は未来への悲しさに溺死するほど、この感情が好きなんだ。この感情はサンティアゴ島の砂浜に埋もれ、この島の至るところで花咲く。あぁ、罪深き心よ。お前はなんて罪深いんだろうか。繊細で、壊れそうで、愛おしい。

クリオウロ男／生きるための智慧

俺の日常は至って単純だった。アフリカの沖合、とくにギニア川近辺でアフリカ商人と交渉して黒人をサンティアゴ島まで連れてくること。そのためにはアフリカ商人の言語も知らないといけなかった。しかし、これがなかなか難しい。だから最初のほうなんかは「リングワ」と呼ばれる、サンティアゴ島で聖職者が育成させた特別な奴隷を一緒に連れて行く。そうすることで奴らの話すクリオウロのことばが理解できるようになるからだ。ただ驚くべきことはやはり黒人たちの言語習得の能力だ。奴らがどれだけポルトガル語を上手に話すか、本国ポルトガル人の度肝を抜くに違いない。サンティアゴ島とアフリカ沿岸部を往来するのは一苦労で、俺らは二年のあいだに三千人弱の奴隷を連れてくる。それほど奴隷は価値があるということだ。俺らランサードスは布、グローグ、タバコ、塩と引き換えに奴隷、蝋、米、木材、象牙をもらう。奴隷はもともとポルトガル本国とポルトガル領に属するマデイラとアソーレスの群島に送っていたが、ブラジルの発見以降は熱帯地域にも輸出し始めた。これは大仕事なんだ。だから俺は正直、いまの生活に誇りさえ抱いている。

そんな毎日を送っていたときだった。俺は健康的で体力があるクリオウロの奴隷を、リベイラグランデのバナナ園をさらに越えた神父の家まで届けなければならなかった。そこまでは歩いて一時間もかからない。早く奴隷を神父のもとへ連れて行き、俺らの言語とキリスト教の精神を教え込んでもらわねばならない。いまや俺らは世界一の金持ちではなかろうか。それほど奴隷が高く売れる。リベイラグランデはヨーロッパ人が熱帯植民地に作った最初の街である。それは当然、大繁栄するに決まっている。黒人の奴隷売買だって俺らがいち早く目をつけた大きな商売なんだから。

神父の家までの道中にあるバナナ園で一休みすることにした。それはそうだ。こんなに日光を浴びさせられては、このクリオウロよりも先に俺がくたばってしまう。大きな岩に腰を下ろし、目の前にいるクリオウロの目をじっと見た。

何だこの澄んだ目は。純粋で、嘘をつけないようなその純真な瞳を見ていると、なぜか俺の心に寂しさが舞い落ちてきた。ちくしょう！　俺は過去を捨てたはずだ。なぜ母国を思い出させるんだ！　このクリオウロめ！　ふと、こいつの過去を考えてしまった。こいつも住んでいた村から「搾取」されて無理矢理にこんな地へ連れてこられた。そして日々労働させられる。自由も何もないこの人生はもはや定めだろう。悪く思うなよ、クリオウロ男よ。俺はそのとき微笑んでいた。俺と同じ運命にあるこのクリオウロの奴隷に共感を持ってしまったのだ。俺らはある種罪びとで、ある種奴隷で、ある種自由人だ。自由かどうかは俺ら自身で決めなければならない。それは誰にでも言えることだろう。俺らは立場が違えど、運命は似ている。そういうことだ。でもこいつにはポルトガル語はもちろん、クリオウロのことばだって分かりやしない。お前はこれから学ぶんだ。強くなれよ。ポケットに入っていた十字架を取り出し、俺はこのクリオウロ男のためを思って十字を切った。俺はキリスト教徒なんかじゃないさ。だけどな、生きるための智慧というのは知っておくべきだ。またもや表情が緩んだ。クリオウロ男は最後の力を振り絞ってこちらを見ていた。そして倒れた。

サンティアゴの島びと／新たな故郷

クリオウロ男よ、お前なんか本当はクリオウロなんかじゃない。ただの奴隷なんだよ。だけどな、クリオウロのことばを学べ。そして俺らの言語を知れ。それで良いんだ。でないとお前はペロウリーニョへ送られるぞ。ペロウリーニョは要するにさらし台のことだ。お前ら奴隷が売られる広場。ここでお前ら出来損ないは安価で売られる。だから必死で俺らの言語を覚えるが良い。あとな、お前らがおかしな踊りでも始めたらすぐに罰するからな。つい先ほど、一人のクリオウロ男が太鼓のリズムのように手を叩き始めるやいなや、すぐにペロウリーニョへ送られた。そこは地獄だ。死ぬまで鞭打ちにされるんじゃないのか。日中四十度のなかで、そのクリオウロ男は何十回も鞭を打たれた後に死ぬ。売るはずだったが、死んでしまっては元も子もない。俺らはそのバトゥクのリズムを刻む奴を罰する。そんな野蛮なリズムなんか音楽ではない。ここサンティアゴ島で有名な黒人聖職者のように美しい音楽を演奏してみろ。生涯奴隷のあいつは炭のように真っ黒なのに、教養もあり博識だ。俺は聖職者にそう言うとき、心のどこかで同情の念を抱いている。しかし、同情という感情は厄介だ。人間の弱い心だ。そんな感情さえ持たなければ、と思うことは度々あるが、反対に、同情という魔物にも感謝している。

ここにきて、時が経つにつれ、俺の黒人に対する見る目は変わらざるを得なかったのだ。何しろ彼らは本当は見事な才能を持っていることも、俺は心の底で気づいていたからだ。見てみろ、俺らの言語を巧みに話すうえに、あいつらなりのポルトガル語風のことばだって作り上げて、しかも素直にキリスト教を信仰し、そしてあんなにも美しき音色を聴かせてくれる。あの音色はバトゥクとは違う。バトゥクは低俗で下品そのものだ。野蛮以外の何物でもない。それに対してあの音色は美だ。歌が良い。愛を歌い、己のやるせない、人生のどうしようもない宿命というものを歌うんだから。良いじゃないか。俺は好きだ。俺の境遇に似ているではないか。俺だけではない。ここに住んでいるほとんどの連中の境遇に似ているではないか。そんなときに俺の心は動いた。あのクリオウロ男も、縞模様のランサードスも、あの老いぼれた神父だって、誰もがここに住んでいると心が動き、やがては同じことを考えるようになる。同じことばを使うようになる。同じ身振りをするようになる。共感さえ覚えるようになる。そしてこの地に愛しさを感じるようになる。でも奴らは奴隷で、俺はその奴隷を捕まえてはこの地へ連れてくるランサードスだ。そして新大陸《ヌエボムンド》へ売るんだ。この島はなんて呪われているんだろう。そんな呪われた島で奴ら奴隷が素敵な音色を奏で始めたものだから、俺は複雑な気持ちになってきた。商品として扱っていたはずの奴らと似てきたんだ。いや奴らが俺らに似てきたのか。分からない。俺も奴隷も、サンティアゴ島の人間になりつつあるのかもしれなかった。

先ほどの黒人の澄んだ瞳。それらをじっと覗いていると、ふと心が洗われるような気がした。

何だろうか、あの感覚は。俺は知りたい。あの男もサウダーデを感じるのか。俺は聞いてみたい。あの男がそれを持っているとすれば、いま何を一番手にしたいのか。故郷か、金か、果物か、水か、自由か、太鼓か、女か、何だ⁉ 未来のサウダーデとは、こういうことなんだ。要するに何も手に入らない。あともう少し。あともう少し手を伸ばせば、背伸びすれば手に入るのに。でもその手を伸ばそうとはしない。背伸びをしようとも思わない。その心に満足してしまうからだ。俺らはな、情に呪われているんだ。サウダーデという情に。そして俺らはこの刑務所で朽ち果てるのみ。それが俺らの置かれた境遇だ。奴隷と俺とでは立場が違う。だがな、共通する点がある。生まれた町に戻りたい。戻りたいのに戻りたくない。なぜならサンティアゴ島に対して愛着《クレチェウ》が湧いてしまったから。そして俺は奴隷のあの歌をまた聴きたくなる。あのモルナという愛着《クレチェウ》の音色を。

『サンティアゴの島びと』


俺の罪を見逃してくれ。

俺なんて罪を犯しちゃいないんだから。

何でだろうか。俺はこの地へきてから変わった。すごく変わった。

クリオウロのことばをすぐに覚えた。クリオウロのことばを知らないと生きていけない。

俺はキリスト教徒でもなんでもない。

俺は縞模様をしたランサードスになったんだから。

サンティアゴに住むランサードスなんだから。


俺の罪を見逃してくれ。

俺なんて罪を犯しちゃいないんだから。

何でだろうか。俺は奴隷と同じ感覚を持つようになった。

クリオウロのことばをすぐに覚えた。

クリオウロのことばを知らないとあの歌は歌えない。
俺はもはやポルトガル人でもなんでもない。
俺は縞模様をしたランサードスなんだから。
サンティアゴに住むランサードスなんだから。

俺の罪は何だ?
俺の罪はサンティアゴの島びととなってしまったことだ。
こんな呪われた島に俺は愛着《クレチェウ》を感じるようになった。
それは俺の心が犯した罪。大罪だ。
俺の妻だって黒人になるだろう。
クリオウロの女だ。そしてきっとその女に愛しさを感じるだろう。
このことを忘れないでおこう。
俺はサンティアゴの島びとなんだから。

私の詩《ことば》

ソダーデ／水から月へ宇宙まで

出町柳の鴨川で愛を語り、モンデゴ川で故郷を懐かしみ、大西洋のおかげで己が地球人であると認識する。セーヌ川でいまを見つめ、テージョ川の反射に未来を探し、桂川の緩やかな流れに自分の過去を映し出す。すると今度は太平洋に囲まれて海の恐怖と広大さに圧巻される。どこにいても水が私を呼び寄せ、私は月の光に導かれてゆく。どこへ行ってもそこにあるのが、水と月。私の記憶に刻印されているものなんて微生物ほどの小ささであり、大したものではない。けれど私の記憶は、私自身の身体と精神を司る魂においては、個人史であるとともに世界史にもなりうる。この世に生きている限り、私は個人史を構築しつつ世界史に存在している。それを記録さえすればだが……私は身体に愛のことばを記憶させ、私はそれを綴ることによって「クレチェウ《愛》」の人生を記録する。

私が川に出逢うとき、おのずと川に感情移入し始め、私は記憶の表面を少しずつ削ってゆく。記憶の核までたどり着くにはどれほど削らないといけないか見当もつかないが、削り続けるプロセスが大事であることは感覚が教えてくれる。水というのは、この世界史に刻印された個人史を洗い流す役割を持っている。そうでなければ、愛のことばたちは氾濫してしまう。

いま、私はヴァーチャルな黒い雨に打たれている。その一粒一粒に、苦しくて苦しくて仕方がない苦悩が宿り、私の身体を刺し続けている。これ以上苦しめないでくれ。そう心が叫ぶ。でもあのことばたちが、あの無数の愛のことばたちが、水の流れに任せて私のすべてを暴く。出町柳を流れる鴨川の水よ。あなたはなぜ、そんなにも私を苦しめるのか。

ひとつだけ理解できたことは、私の記憶と記録という関係において「ことば」という化け物がすべてを支配しているということだ。ことばが消滅しない限り、私の記憶は記録され続け、そして私はこれに依存し続ける。感情も、想いも、心の叫びも、身体の詩《ことば》も、何もかもが「ことば」に支配されている。このことを私が認めて初めて創造物は創造物となる。だから思ったんだ。これからは地球だけでなく、宇宙のことばに耳を傾けなければならなくなるだろう、と。アフリカのソダーデということばだって、ポルトガルのサウダーデということばだって、北大西洋から南大西洋へ、さらに太平洋を渡り、気がつけば宇宙のことばとして存在していることだろう。ソダーデは、宇宙を永遠にさまよう故郷なき郷愁を求めて浮遊している。それを私は追いかけている。いまこの瞬間にも。

クレチェウと妖精《ケサランパサラン》／クレチェウの居場所

これはクレチェウの話。私はべとべとした六月の京都の湿気の中でもがき苦しみ、ねばねばしたクレチェウ《愛》の深い悲しみの中でわめき苦しむ。クレチェウに届きそうで届かないいんだ。あなたと交わしたあのことばたちは、あのねとねとの中で生きている。クレチェウとの将来が見えないだなんて言えない。それは少しでも希望的観測があるから。でも心のどこかで、愛が実らないという現実のことばたちが訪ねてくる。私はだからいま、腸で、脳で、魂で、未来へのソダーデを信じられないほどに感じていて、そういったあらゆる私の感覚がこんなにも深い、海のように深いクレチェウのことばを伝えてくれている。

＊

あのとき私は荒神橋のすぐ側の鴨川で、哀愁漂うあの弦楽器、カヴァキーニョのリズムに乗せてモルナの音色を躍らせていた。歌手のセザリアが歌っていたあのモルナは、私の心のすべてを川に反射させていた。あれは四月だっただろうか。京都に吹いていた微風は肌寒かった。私にとって心地良かったその風は、川に反射した私の物語をぐしゃぐしゃにする。それでもモルナの音は止まない。

私はいま、まるで高温でじわじわと焼き上げるオーヴンのような八月の京都から逃げて、フライパンで何かをカラッと揚げたような小笠原の暑さを感じていた。丸一日、船中で過ごさなければ小笠原の土地は踏めない。そこは太平洋で忘れられた島。いま、私の記憶の中で、世に忘れられたカーボヴェルデの群島と、世から孤立した小笠原の群島が何重にも交錯している。大西洋と太平洋は海に創られた文明を持つ。それはひとつの孤立した島と、もうひとつの孤立した島が人を通じて生んだ結びである。島は〈isolate〉《孤立》であるとともに〈isola〉《島》であるというわけだ。

私はあのモルナとともに宙を舞っている。あの小笠原の島、父島で。太平洋のこの島にもカーボヴェルデの血は流れている。父島唯一の神父、小笠原愛作さんはカーボヴェルデ人の血をひいている。神父はカーボヴェルデについて知らないと言うが、父島の至るところでカーボヴェルデの香りは漂う。それは父島が小島だからなのか、それともソダーデが波に揺られて父島にまで聴こえてくるからなのかは分からないが、それはきっとどこかに隠れているに違いない。あるいは愛作さんのご先祖様がこの島のどこかへ、宝物を忍ばせたのかもしれない。アフリカ大西洋の小島に吹いているあの風は、時を越えてこの暖かい空気が流れる父島に吹いているのかもしれない。それは誰にも分からない。でもそれを詩《ことば》にしてゆく。そうすればソダーデは必ず現れるし、人の心に必ず挨拶しにくるからだ。

こうしてソダーデの息吹は新天地を追い求めてゆく。あの熱帯のリズムを忘れはしない。それは新雪を溶かしきれないほどの緩くて生ぬるい熱帯性。妖精《ケサランパサラン》がどこへでも忍び込むように、ソダーデは海に映る月光の路を夜風に吹かれながら浮遊する。ひょっこりと妖精《ケサランパサラン》が顔を出した頃に、ソダーデは悠々と波しぶきの塩辛い匂いをインク代わりに使い、これまでの過去の記憶を永遠の海上ノートに綴ってゆく。さりげなく妖精《ケサランパサラン》がふわっと浮くと、ソダーデはそのあとをふらふらと追ってゆく。「どこへ連れていってくれるの？」と妖精《ケサランパサラン》の耳元で囁きながら。しかし、妖精《ケサランパサラン》は無言で広大な海を飛び回り、永遠の雲海の中で溶けてゆく。ケッサラー、パッサラー（o que será, passará）という歌声だけを海風に記憶させて。さざ波はあの海上ノートを洗い流し、ソダーデは海に映る雲の影に潜む。そしてさざ波もソダーデも妖精《ケサランパサラン》の歓喜な歌声を世界の人びとに伝えてゆく。クレチェウを想いながら……

波の揺れに揺られ、風が運ぶ歓喜《ケサラン》の便り
風の揺れに揺られ、波が届ける哀愁《パサラン》の香り
故郷を求めに地平線へ
あそこに宿る妖精《ケサランパサラン》

Que será passará……
Que será passará……
Que será passará……

＊

「僕はこうして知らず知らずの内にモルナを創り上げていった。僕はいまのモルナがどんなものか聴いてみたい。そう魂が呟く。大西洋の奥底に眠る僕の最愛のクレチェウにそのモルナを届けてあげたい。」

「俺は、気がついた頃にはポルトガルを忘れていて、サンティアゴの島を故郷と感じるようになっていた。俺の子孫に伝えたい気持ちがある。そう心が呟く。リスボンのクレチェウよ、お前のことは好きだった。でもな、いまは大西洋に浮かぶ、あのサンティアゴの島に惚れてしまったんだ。その想いをテージョ川にも伝えてやりたい。」

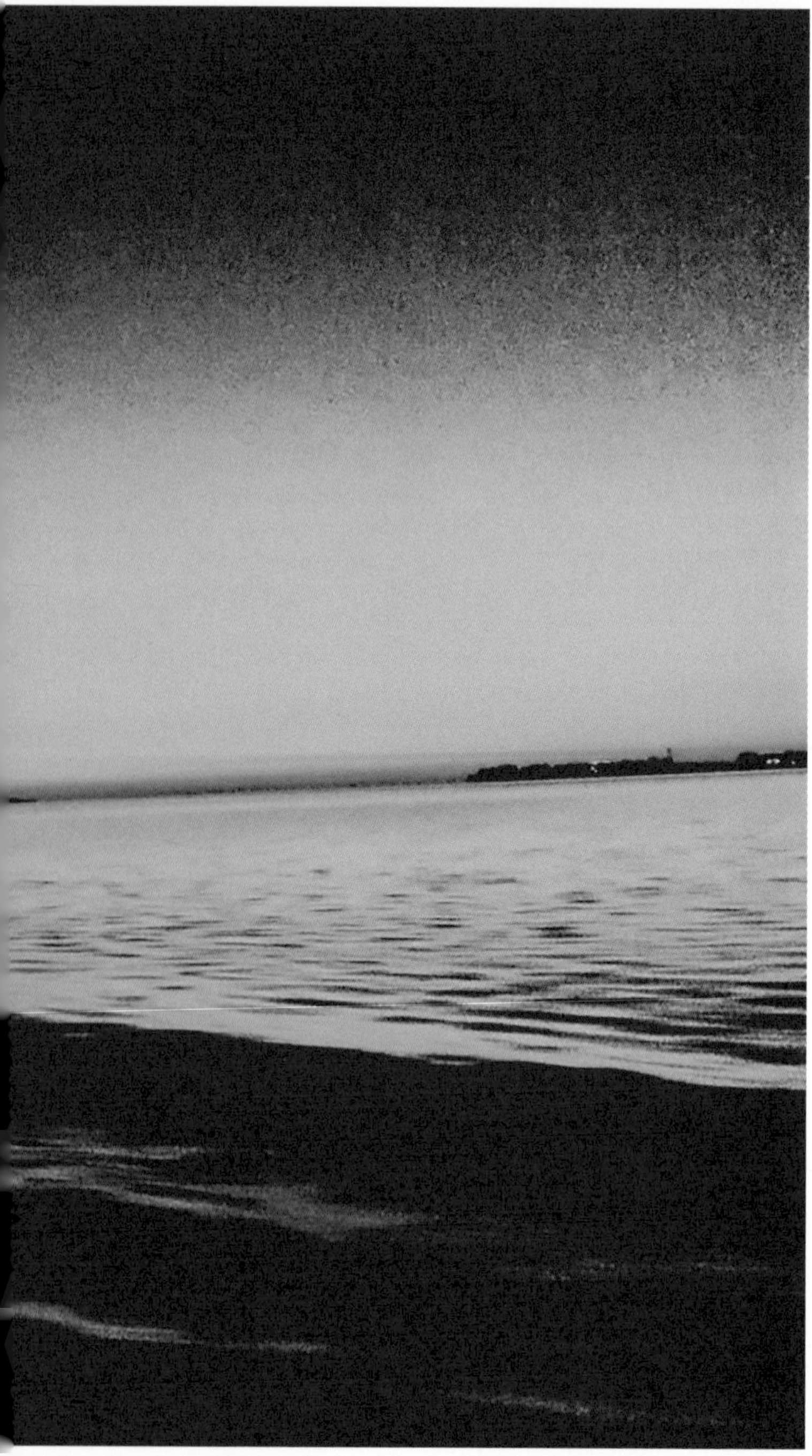

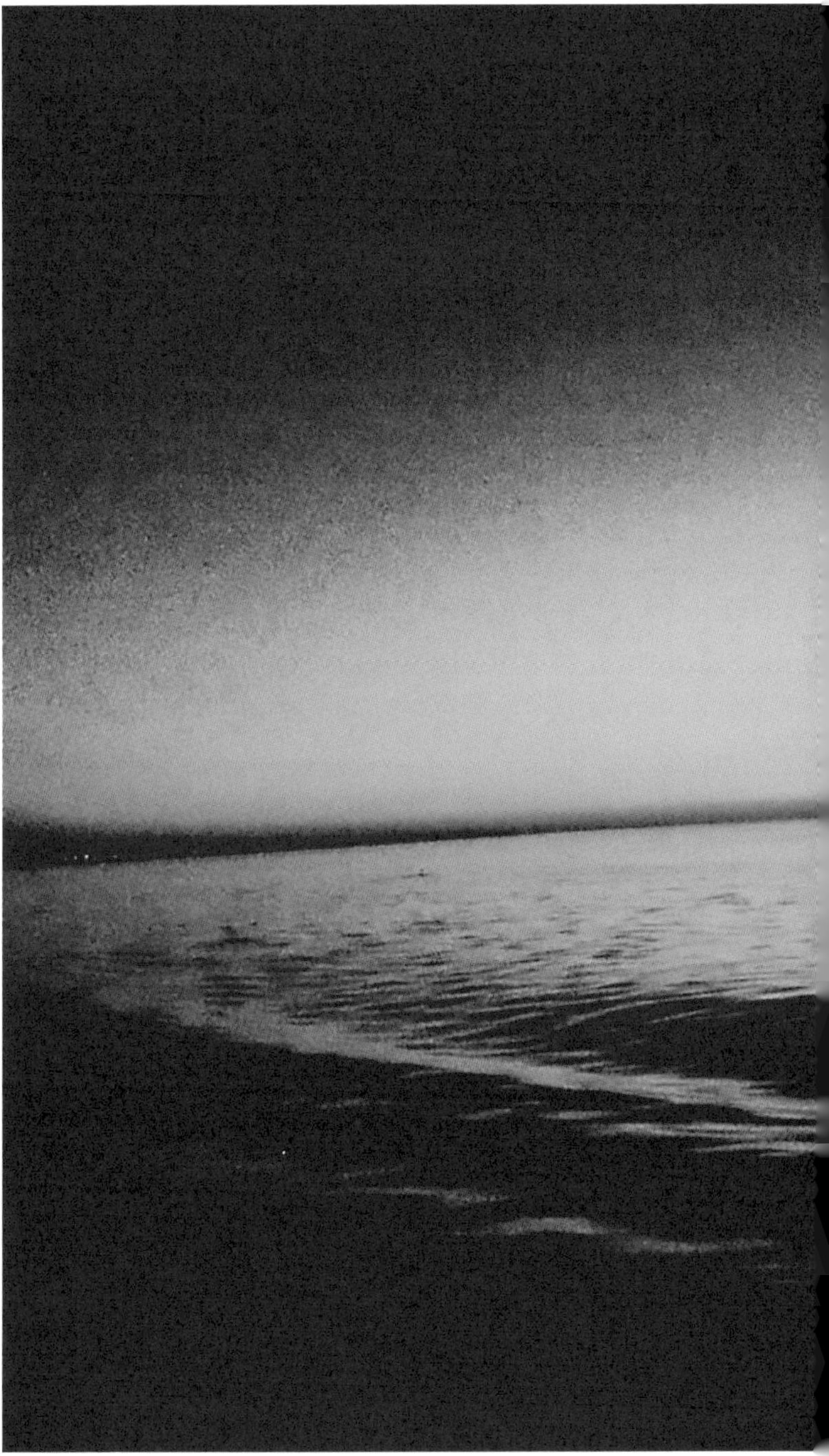

「秒針が踊る度に、体内で鼓動が爆発的な音色を鳴り響かせる度に、私はあのクリオウロな女を思い浮かべる。そして頬を流れる涙を拭い、月を見上げる。クレチェウの優しさを忘れやしない。クレチェウの手紙も忘れやしない。クレチェウの詩《ことば》だって忘れやしない。あのねっとりとした髪質、あの茶色の美しい瞳、あのふっくらとした官能的な唇、真っ赤に日焼けしたあの痛々しい肌。あの絡まった性格、あの詩的な感情、あの答えのない質問、ケサランパサランが飛ぶあの妖精のような心、分かり合えない感覚、そして月光が照らす夜中に確かめ合ったあの頃の想い……

ここにクレチェウの詩《ことば》をすべて綴ったつもりだ。あとはその詩《ことば》を、宇宙まで届くように、時の中に吹かせるだけだ。これで私の使命を果たすことができる。本望である。またどこかで逢おう、クリオウロな女よ。あの辛抱強い愛情を持つ青色の紫陽花は、私の不在を埋め合わせ、小さな水の器《紫陽花》に私の現前を溜めてゆく。クレチェウを想い出しながら……この想いはいま、ゆっくりと鴨川を漂流しているところ。あの想いはいま、ゆっくりとカリブ海に浮かび、そして大西洋を経由してインド洋や太平洋まで飛ばされてゆくだろう。」

『サウダーデ』

サウダーデ、それは懐かしさ
サウダーデ、それは切なさ

空からそっと落ちてくる天の落し物
出逢いはそんな細やかな偶然
ときめく気持ちを隠し、素振りさえも見せず
ふたりはおどけながら夜更けまで語ったあの影

サウダーデ、サウダーデ、帰らぬ日々に身を任せ
サウダーデ、サウダーデ、ひとり頬杖ついている

流れるときがめくっていく、ページの物語

枯葉が低地に、舞い落ちだしている
あなたを知ろうとしても分からないままに
ついていきたい気持ちの中、探していることばが消えていく

サウダーデ、サウダーデ、落ち葉が降り積もる道に
サウダーデ、サウダーデ、過ぎた季節を重ねる

サウダーデ、サウダーデ、心がときめいた日々が
サウダーデ、サウダーデ、頬を染めて過ぎてゆく

(https://www.youtube.com/watch?v=ygMBI4-zC6g)

「ソダーデ」は新たな故郷を創造する

本章の舞台は、西アフリカ島嶼国カーボヴェルデ南部に位置するサンティアゴ島である。大航海時代がはじまった十五世紀中葉までカーボヴェルデは無人島であった。カーボヴェルデがポルトガル人によって発見され、入植が本格的に開始されると、アフリカとヨーロッパ、やがてはアメリカ（大陸）とアジアなど、多様な地域からさまざまな立場（貴族、神父、奴隷、流刑者、冒険家など）の人びとが異なる目的のもと、カーボヴェルデという限定的な空間において共生することになった。その結果、異種混淆が起き「クリオウロ」（クレオール）が創造され、彼らの言語と文化は複雑に混じり合った。このように、「クリオウロ」は植民地時代に生まれ、カーボヴェルテはヘテロジニアスな社会へと変貌を遂げた。

ヨーロッパ人の熱帯地域における最初の入植地、サンティアゴ島のリベイラグランデには、西アフリカ地域の大勢の黒人が奴隷として連れてこられた。「黒人の詩《ことば》」では、西アフリカのとある村で生活していたある青年（僕）が突然故郷から引き離され、奴隷としての生活を強いられる。「白人の詩《ことば》」では、サンティアゴ島へ流刑に処された白人（俺）の異端者としての語りが描かれている。〈僕〉と〈俺〉は共通の時空間において接触、交錯し、それぞれの故郷に対する想いが変化していく。物語は一変し、「私の詩《ことば》」では、カーボヴェルデと小笠原（父島）におけるフィールドワークの経験に加え、イギリス、フランス、ポルトガル、そして京都に対する筆者自身（私）が住んできた場所に対する哀愁の念を語っている。ここで、現在に生きる筆者が哀愁を語ることで、十六世紀に生きた〈僕〉と〈俺〉が時間を越えて現代の〈私〉と紐帯を結んでいる。なぜなら三人は、諦めかけた人生の先に新たな故郷を追求するという共通認識をもっているからだ。

この試論のなかで筆者は、自身の経験と想像を史実と混ぜ合わせることによってクリオウロが創造される過程を四つの主体（〈僕〉＝黒人、〈俺〉＝白人、〈私〉＝筆者、〈わたし〉＝ソダーデ）をつうじて多角的に描き出した。本章の冒頭で始まる〈わたし〉＝ソダーデとは、ソダーデが発した声であり、ソダーデ自らによる詩《ことば》である。そして〈私〉とは筆者自身を表している。ソダーデとは、カーボヴェルデ語でノスタルジアに近接した意味をもつ深い感情や情感のことである。ソダーデという曖昧な情感を筆者が表現し得たのは、フィールドワークという生活実践をつうじてソダーデの感覚を「会得」したからである。さまざまな主体が交錯し、混ざり合い、時空間を越えて未来への懐かしさを憶えたとき、ソダーデは感覚として人の心や内臓の奥底に宿ろうとするのである。

　本章でぜひ注目していただきたいのは、それぞれの主体が現実と虚構という世界のなかで新たな故郷を創造する点である。つねに虚実の世界を浮遊するわれわれは、ふとしたときに自己の世界を見失ってしまうことがある。「ハーフ」である筆者は、三つの国の言語を「母語」としているにも拘らず、その三つの集団において「ネイティブ」としてみられることがほとんどなく、虚構という故郷のなかで必死に生きてきた。筆者は、〈僕〉と〈俺〉のように失われた故郷を模索し、つねに現実と虚構を往来してきたのである。しかし、現実と虚構のはざまに生きていることを認識し得たことで、それこそが自身の故郷であると考えるに至った。追求してもみつからない「なにか」を発見し、その境地にたどり着いたとき、そのとき、ソダーデ《哀愁の詩》は語り始める。それこそが、ソダーデが語り始めた悲観の「哀愁」であり、歓喜の「愛愁」なのかもしれない。

ハラールの残響

川瀬 慈

——その音が聴こえたような気がしました。怒りを押し殺し、低い声で唸るかのような。不気味な唸り声。すべての世界を、人間という存在を否定するかのような野性のうめき声。私はなぜか吸い込まれるように、その太く、短い蛇に近づいていきます。いや、ひょっとすると、その生物が発するなんとも不思議な音にひきつけられたのかもしれません。

その音が聴こえたような気がしました。暗いトンネルの闇の中で、身をかがめながら、音の端から伸びる紐をたぐりよせ、その細い紐を頼りに、恐る恐る進んでいくのです。トンネルから抜け出した時、私の内側から自然に笑いがこぼれてきます。自分がしまりのない笑顔をしているのがわかるのです。

青々とした葉の束を道端のアドレ人の女たちからどっさり買いましょうか。どんな種類だっていいのです。この街の近郊でとれるアウォダイという、とびきり苦く、効きの強い葉を選んでみましょう。この葉にはいろんな呼び名があります。〝黄金の葉〟、〝知識の葉〟、〝癒しの葉〟。この葉、チャットは、イスラームの儀礼のために用いられるだけではなく、若者たちのあいだでは、最も人

気のある嗜好品なのです。それだけじゃありません。この葉を噛むと集中力が高まるので、受験勉強にもよいという者もいます。あるいは、男性にとってはいわゆる精力剤になる、とも。

青い空の下に白い壁が延々と続きます。迷路のようなジュゴル（城壁）の中をふわふわとさまよい歩くのです。白く光る壁と雲の境目がわからなくなり、方向感覚を失いながら、目的もなく、歩み続けます。

その音がまた聴こえたような気がしました。気のせいでしょうか。脳の奥に残響するノイズなのでしょう

か。アマンハデルホ、アマン、アマン。片言のアドレ語で道行く人たちに挨拶をしましょう。街は毅然としています。旧市街は、ユネスコによる世界遺産の登録を経ても、ツーリストに向けてグロテスクにショーアップすることはなく、独特のなまめかしい退廃的な雰囲気をそのままにとどめています。石畳の端々に掃き溜められた腐った果物。肉屋につるされた牛肉の饐えた匂い。鼻腔に侵入してくる唐辛子のスパイス。そして八十以上存在するといわれるモスクから流れる礼拝への呼びかけ、アザーン。食堂から浸み出すクアラーンの詠唱。バスケットを頭にのせたソマリ人、オロモ人、アムハラ人、アドレ人の女性たちの色とりどりの装束と宝飾。様々な色が、光が、匂いが、ノイズが静寂が、私の体を飲みこもうとするのです。旧市街の密度の濃い生活の空気の中にどっぷりと浸ります。そこには、人々の呼吸や体のぬくもりがあり、生活のリズムがあり、街の通奏低音には深い祈りとともに、何かそこしれないものが潜んでいるような、不気味な気配があります。

鉄の扉をゆっくりと開けます。濃密でフルーティーな甘い煙が押し寄せてきます。蒸し暑く、息苦しい部屋の中には、数名の男たちが半裸でマットレスに足を投げ出して座り、壁にもたれかかりながら、水タバコをブクブクと吸っています。もったいぶった手つきで、黄金の葉の表裏を何度か愛撫する男たち。優しくなでます。葉が破れてしまわないようにゆっくりと。そうすると葉がささやきかえしてくれます、レムレム、レムレム、レムレム、緑に萌えよ、と。すぐにでも葉と同化したい、いやちょっと待ちましょう、はやる気持ちを抑え、ゆっくりやらないといけません。まずは葉についた埃を落とし、時には葉の裏に産みつけられた昆虫の卵、ぶつぶつした触感も指で注意深くこそぎ落とす必要があるのです。虫の卵を飲み込んでしまったとしても、なにがどうってことはないのですが。葉を何枚か口の中にもっていきましょう。固く大きな葉ではなく、やわらかい若葉と、その茎の部分も。左の奥歯で噛む、じっくり時間をかけて噛む。そうして苦い液体を吸い続けます。口の中に葉を貯めながら、苦い汁を飲み下していくのです。すると私の体が、その苦々しい異物に対して、ごく自然に拒絶の反応を示すのがわかります。葉を吐き出したい気持ちをぐっとこらえて、ヤギのように草を食むおかしな自らの姿を想像しながら、とりあえず続けてみましょうか。アウォダイの葉の苦みはほんとうにやっかいです。でもあの感覚にたどり着くまでには、もう少しのがまん。そう、あの感覚までは。オチョロニ《ピーナッツ》、ナナ《キャンディー》、葉の苦みを和らげるためにこれらを時々、口の中

TESFA
0251-115965

BAAR
0108

にほうりこみます。コーラやミリンダといった炭酸系のソフトドリンク、ペットボトルの水を飲むのもよいでしょう。

古いカセットデッキから、預言者をたたえるチャント、メンズマの朗誦が流れてきました。アラビア語の細かい内容は理解できないのですが、確固とした信仰に裏打ちされた、自身の声に陶酔するかのような甘く朗々とした響き。その声のうねりに全身を委ね、私はちょっとした旅に出るのです。

しばらくすると、じわっと額から汗が出てきます。次に背中がぞくぞくとするような感覚。そうしてあれがやってくるのです。喜び、至福の境地、そう、ムルカーナ。ムルカーナがやってきた。おかえり、愛しいムルカーナ。ムルカーナが私のもとにやってきたのです。しばらく会わなかった旧友との再会。それはとびきりの光の束との再会。私は光に包まれる。喜びの光に。それは私の内側から私を優しく包み込む。世界に、宇宙に感謝する。ありがとう、ありがとう、と心の中でね。一時的におしよせてくる幸福、満足の波。それがまやかしだっていい。眼が大きく見開かれた私。私の心臓からは太い根が生え、それは徐々に枝分かれし、ぐいぐいと伸びていくのです。私は巨木になります。

巨木となった私は雲をつきやぶり、宇宙に届き、丸い球体を眺めています。そうやって何千年と眺めます。いや私が球体に眺められているのでしょうか。世界のすべては細かい粒でできていることに気づきます。そう、時間だって。大小さまざまな粒が私のまわりを漂っているのです。ふわふわとね。そのうち私もその粒子とともに世界を漂い始めます。やがて、私は光の粒となります。自らの内側からあふれ出る、わけのわからない力に突き動かされるように、私は漂う。そうして、旋回を続ける、クルクルと。私は光となってどこまでも伸びていく。風もなく、雲一つ浮かばない黄金色の空に伸びていく。まばゆいばかりの光の渦に包まれ、いつまでも旋回し続けます。

またあの音が聴こえたような気がしました。その音は突然やってきてはオマエが戻る場所はここなのだよ、といわんばかりに、ささやきかけてくるのです。私という乗りものをあたかも軽くあしらい、乗りこなすように。私は一時的に、その音の従順なしもべとなります。私の眼の前に砂丘が広がります。心の中のわだかまりと執着を、砂の中に埋めようと、歩いていきます。するとそこには砂丘などなく、白く光る大地が続くだけです。大空には雲が煙のごとく湧き上がり続け、私はその白のまぶしさに、くらくらし

ながら、ただ歩み続けるのです。

その音が聴こえたような気がしました。怒りを押し殺し、低い声で唸るかのような。不気味な唸り声。すべての世界を、人間という存在を否定するかのような野性のうめき声。私はなぜか吸い込まれるように、その太く、短い蛇に近づいていきます。いや、ひょっとすると、その生物が発するなんとも不思議な音にひきつけられたのかもしれません。少年の私がなぜそのいかにも毒々しい物体に近づいたのかはわかりません。ゆっくり恐る恐る。そうして、その眼をにらみつけます。すると妙な気持ちがこみ上げてきました。その蛇をにらみつけることよって、なまめかしく毒々しい肌の動きや、それが発する不気味な音までも、こちらの思うままにコントロールできるような気持ちとでもいいましょうか。蛇はすべてを拒絶するかのような、強烈な生臭い匂いを放ちつつ、警戒しながら身をよじります。私はなぜか誇

らしい気持ちになり、近所の友人たちを背に、じりじりと、少しずつ蛇に近づいていきます。その後私が行うことはわかっています。それは私の中にすでにすりこまれているとでもいいましょうか。両手で、その蛇の首の部分を押さえつけ締め上げるのです。蛇を食すわけでも、蛇を殺めるわけでもありません。幼い私は一時期、何か目的のない一種の儀礼を繰り返すかのように、いや何かにとりつかれたかのように、蛇を捕獲することを繰り返していました。そうして、この時も、この八歳の初夏も、いつものように楽々と、その蛇

の首元を掴み、蛇を、野性を征服することが可能であると思ったのです。いつものようにさっとその首を掴んだ矢先の出来事でした、私の右手の人差し指の第一関節に強烈なしびれが走ったのです。強烈なしびれは、私の指の感覚を数日完全にマヒさせ、私は熱と吐き気に悩まされます。病院で血清を打ち、なんとか一命はとりとめましたが、右手が腐り落ちるのかとも思いました。以来、蛇の毒が、私の中で生き続け、めぐりまわり続けているような、根拠のない確信があるのです。

ふと我に返り、忘れていたものを思い出すかのように水タバコを吸います。ムルカーナが心と体を満たし、体内で大きな蛇がとぐろを巻き、自らの体重の重さが数十倍にでもなったかのような気がしてきました。床のなかにずるずると体が引きずり込まれ、大地の中に埋め込まれていきます。重い。軽い吐き気と、めまい。部屋の奥のテレビの画面からは、国立劇場で行われる古い民族舞踊シ

ョー。ティグレ族のドドン、ドドンという二拍子のタイコのビートが繰り返されます。犂《すき》をまん中に描く巨大な旗がステージに掲げられています。それは軍事政権時代の、社会主義イデオロギーの象徴。一九九〇年代の初頭に、現政権に移行してから、血なまぐさい軍事政権の時代を想起させる類の映像がテレビ画面から見られることなどはありませんでした。忌まわしい過去もいまとなっては遠い昔、ということでしょうか。十五年前に、この街にはじめてやってきたとき、私は市場でイスラームの装束の色とりどりの刺繍、その細かな

デザインに感銘を受け、溜息をもらしました。いまじゃどうでしょう。すべてが中国製の安いポリエステルの繊維にとってかわってしまったようです。

私はここからどこへ行くのか。ふらふらと立ち上がり、壁に沿って、歩き始めます。どこまでも続く白と薄緑の壁。この壁から私の欲望、恐怖があふれ出て、ふつふつと煮えたぎり、波打っているのがわかります。数々のイメージが思考の底辺で発酵し、音を立てて、湧き上がり、壁と私を溶解させ結合させていくのを感じとります。何を考えているのでしょうか。私は気でもふれたのでしょうか。物乞いのようなみすぼらしい身なりの中年の男性と眼が合います。私は彼にニコリと笑いかけます。血走った眼つきです。この男は、黄金の葉を貯めているせいで片方の頬が大きく膨れ上がっています。緑色の液体が染み出た口元。彼はチャイナ、ジャバータ（ほら中国人、恵みを受け取れ）と言って、カンフーの構えのようなポーズを決めたあと、一束の葉を私に渡しました。

しかしところで、私はなぜ、この街に戻ってきたのでしょうか。煩雑な事務作業の数々から逃げたかったのでしょうか。それともみずからを縛るあらゆる社会的な属性や責任の類から一時的にでも逃避しようとしたのでしょうか。アジスアベバ特有の雨期の寒さと喧騒を逃れたかったのでしょうか。それとも、ファレンジュ、ファレンジュ、ファレンジュ、〝外国人〟となって、匿名性の中に耽溺したかったのでしょうか。心の中で、ああだこうだと、自身に問いかけながら、この街に戻ってきた理由を適当にみずからの中に作り出そうと試みている自分がいます。どれも的を得ているし、どれも的を得てはいない。どの理由も、ほんとうは核心に触れていない。私は、ぐるぐると惑星のまわりをまわりますが、その星に着地することのないまま、はてしなく漂う衛星のようです。そう、オマエがこの街に戻ってきた理由なんて何もないのさ。

この街を、幽鬼のようにさまよい続けたフランスの詩人の姿が遠くに浮かびます。地獄の季節。永遠。ポール・ヴェルレーヌの元恋人。アビシニアで、皇帝メネリク二世に小銃の束と弾薬を売りさばこうと試みた

のはよいのですが、すべて安く買いたたかれ大損をすることになる彼のことです。この街についた直後に、自らのポートレイトや街の風景を、コーヒー売りの男性を、市場の様子を撮影し、母と妹に味気ないレポートとともに送り付けた彼のことです。私はその男のかつての家である、と間違って呼ばれる屋敷に出かけて行きます。その場所はミュージアムとなり、誰もが訪れることができます。二階に上がります。まるでいまにも消え入りそうな詩人の、いや、元詩人のポートレートが飾られています。ただぼんやりと、白いかたまりが浮

かび上がっているかのようにも見えます。かつがつ人間の形状をとどめているだけのそのすがたをマジマジと見つめ、その男についてあれやこれや想像してみましょうか。

どうやらムルカーナは、ひと段落したみたいです。ゆっくりと歩を進めます。少し気分が悪く、頭がクラクラします。まあいつものことでしょう。挙動不審なムルカーナは、そわそわと次の獲物を、次の棲家を、愛しいパトロンを探して、砂漠を超え、高原を超えてどこかへ飛んでいったのでしょう。

元詩人のいた時代から百十年か、百二十年ほどの時間が経ち、彼の影を追いかけて、エチオピアにやってきたアルジェリア系フランス人の影絵師がいました。激しい気性のあいつと私は意気投合をしました。はじめてこの街を訪れた十五年前の話です。正教会の巡礼地コルビエ・ガブリエル、かつてのジブチとエチオピアの交易の重要な拠点ディレダワを経て、私たちはこの街にたどり着きました。互いに罵りあい、涙を流すまで笑い、そして別れた。彼は私に出会ったすぐあとに病で亡くなりました。私は生きました。あの、黒く太い短い髪、縮れた毛髪。毛深い腕、まゆ毛は一直線。丸眼鏡。燃えたぎる焔のかたまりを胸の奥に抱え、彼は世界を激しく拒絶していました。ふつふつと湧き上がる怒りは彼が呼吸するたびに蒸気のように、彼の全身から吹き出していました。彼の妻

は、トルコで出会ったという舞台女優。血のように赤い髪の毛と透き通った眼を持つ寡黙な女性でした。

夜、石畳の中を歩きます。死んだ影絵師が言ったことばがジュゴルの壁から聞こえてきます。「この街は死者の気配に満ち溢れている、生と死が永遠に溶け合っている」。

夜の濃密な影が、まるで迷路のように入りくんだこの街を包み込みます。裸のランプをたよりに、私はさらにこの街をさまよい続けます。一日の仕事を終えた肉屋が、クルアーンの詠唱をスピーカーから流しながら、刃物を丁寧に洗い、店の軒先に水を流し、箒で掃いていきます。私は立ち止まり、そのやわらかくまろやかな声の陶酔の世界に少しずつ浸っていきます。箒が水で濡れたコンクリートを掃く際に、シャ、シャ、シャというテンポよい音を出し、クルアーンにアクセントをつけていきます。ハイエナの遠吠えがクルアーンの響きに絡んでいきます。店の前には物乞いの老人が寝転び、布で体を包み、チャットを噛みながら、ぶつぶつ何かうめくようにささやいています。シャワバル門へと続く道沿いのナイトマーケット。人々が丸くなり、横たわりうごめいています。黄金の葉を小型の臼と杵を使い、すりつぶすしている者もいます。女たちがビニールの袋の

敷物の上に、じゃがいもやトマト等の野菜をきれいにならべて販売しています。私はジュゴルの夜を潜航し続けます。祈り、陶酔、興奮、様々な感情が入り混じったその声に突き動かされ、目的地もなく歩みを続けます。

人間の残滓のようなやせこけた元詩人。その影を追い求めた影絵師。彼らがジュゴルの空間に吸い込まれ、漂い、黄金の葉を夢中で噛み続ける姿を想像します。ムルカーナは元詩人を包み、青い汁が彼のその口元から垂れ、麻の衣服を汚したのでしょう。人は彼が詩を書くことをやめてこの国に、この街に流れ着いたのだと言います。しかしそれはほんとうでしょうか。彼はこの街で詩そのものになった。それをセルフポートレイトに収め、世界に向けて、永遠に向けて、ときはなっただけなのではないでしょうか。わけもわからない確信に突き動かされながらも歩き続け、少し疲れた私はシャワバル門の脇にかがみこみます。門の脇でも、黄金の葉を入れた大きな袋を開けて、女たちが商売をしています。コッボーからやってきた、アラマヤからやってきた、と、様々な葉をすすめてきます。私は作り笑顔でそれを断ろうとしましたが、そのとき、あの音がまた聴こえてきたのです。私は思わず一束のアウォダイの葉を一人の女から購入し、優しくなでつけました。葉が破れてしまわないように。葉がささやきかえしてくれます、レムレム、レムレム、レムレム。すると、葉の裏にザラザラとした物体があり、それが指にひっかかるような気がしたのです。それは小さな昆虫の卵のようでもあり、砂粒のようでもありました。その物体を指でつまむようになでつけているうちに、信じられないことが起こったのです。

その小さなかたまりは、みるみるうちに太く、短い緑色の蛇になり、私の手元からするりと零れ落ちたのです。蛇は、あのなつかしい独特の唸り声を上げながら、私をキッとにらみつけると、暗い地面に吸い込まれるかのように、一瞬でどこかに消えていなくなりました。雷鳴を忘れた稲光が暗闇を彩り続ける、なまめかしい晩の出来事でした。

声、永遠へ

エチオピア東部の都市ハラールが私に及ぼす力について考えをめぐらせている。クルアーンの詠唱、預言者を称えるチャント、メンズマ、スーフィー教団のズィクル。声を介し、神とつながり、陶酔し、耽溺する人々。声、声、声。声が幾重にも重なり、ジュゴルと呼ばれる城壁の中を渦巻いている。その声に誘われるかのように、私は幾度となくこの街を訪れた。何かを探ろうとか、みつけようとかいうわけでもないし、大きな目的があるわけでもない。ジュゴルの中をあてもなくさまよい、毛細血管のように伸びていく小径の迷路にもぐりこみ、そこらからあふれ出てくる祈りの声に耳をかたむけ、声に溶ける。その声によって、みずからの奥底の声が引き出され、さらに、みずからが解体され、リセットされ、自分ではない、得体のしれない生き物に生まれ変わるような感覚に浸る。

夜が深まる。ハイエナの遠吠えとともに、大地の奥底から蒸気のように湧き上がってくるのは死者たちのうめき声なのかもしれない。この懐かしく生暖かい空気は何なのだろう。

フランスの詩人アルチュール・ランボーは、十九世紀の後半にハラールに住みついた。彼は詩を書くことをやめ、ハラールにおいて商人として活動していたという話がよく知られている。ハラールで彼が撮影した写真が残されている。ランボーは、ハラールに写真機を持ち込んでまもなく、セルフポートレイトをいくつか撮影し、手紙とともにフランスの親族宛に送っている。これは、私という未踏のフロンティアを探訪する決意の表明のようなものなのだろうか、いや、〝セルフィー〟に収めた詩の、永遠に向けた解放なのだろうか。そもそも、詩人ははたして詩から離れることなどできるのであろうか。

ハラールはとりとめもない夢想を私にいだかせる。

声は向こうからもやってくるし、私の内側からもあふれ出てくる。声の交響に誘われるがまま、店々の軒先から垂れさがる裸のランプのかすかな灯りをたよりに、私はさらにこの街の奥深く、奥深くへと潜航していくのである。

結びにかえて

本書の五名の著者の共通項を強いて挙げるとしたら、アフリカを対象に研究を行う人類学者であるということだ。しかしながら本書は、アフリカの諸文化の記録に重きを置いた、いわゆる民族誌ではない。本書はむしろ、イマジネーションというやっかいな相手との共犯関係のもと、物語、あるいは神話を創作する試みである。その創作は、著者それぞれのアフリカでの長期のフィールドワーク経験や、各国に拡散し遍在するアフリカ的なる世界との直接的、間接的な交流に立脚している。また本書は、フィクションを通してアフリカへ肉薄することを目的に掲げるものでもない。本書が描くのは、執筆者の詩的な感応を通して顕現する、新たなアフリカの姿なのだ。とりあえずそれをここで《あふりこ》とでも呼ぶことにする。

長い歴史の中で科学が発達させてきた独自の情報伝達のモード。我々は、多かれ少なかれ、それらのモードのいくつかに影響を受けてきた。なのになぜ、いわゆる科学的とされる記述を選択せず、創作的な話法を模索し、語ろうと試みるのだろうか。我々が普段身を置く、アカデミックなシステムや学問的規約の中で枯渇させたくなかったものはいったい何なのだろうか。

アフリカのストリートで、海辺で、高層ビルの陰で、農家のガスランタンの前で、豊饒な神話たちは呼吸し、思考し、むこうからこちらにリーチしてくる。それらとの濃密な交感を通し、自己の輪郭をぼやかされ、他者との境界を溶解させられる瞬間。神話の生命と熱量に押されせかされ、我々はまた身振り手振りを交えて、物語り始めるのだ。本書は、物語における崇高な形式や、〝真正〟で一元的な最終形態をめざさない。そのかわり現実と幻想、存在する世界と存在しうる世界、詩と民族誌、記録と演出――どの地平にも着地せず、これらの境界を揺れ動き続けることを選ぶ。本書をつらぬく意思や態度の如何にかかわらず、語られた神話は、またさらに新たな神話を生み出し増殖していくであろう。この営みの動的な連鎖にこそ世界の生命が宿り、そこにこそ我々は積極性を見出すのである。

本書のストーリーテリングのありかた、問題提起のありかた（問題のようなものがあれば、だが）は、著者それぞれである。読者諸氏が、本書のそれぞれの章と、その後ろに添えられた附言を通して、それらの物語を胚胎する著者の経験、想像の世界を独自に旅していただけたのであれば光栄だ。

最後に、本書の企画から実現にいたるまでの行程を親身にサポートくださった新曜社編集部の清水檀氏に感謝したい。清水氏による適格な助言と激励がなければ本書は完成することはなかった。そして本書のデザインを担当し、本書をモノとして魅力的に仕上げていただいたcozfish（コズフィッシュ）の祖父江慎氏と根本匠氏にも御礼を申し上げたい。一筋縄にはいかない著者たちの濃密な体験、想像力の翼による飛行、そしてイメージの躍動を一つの本の枠に収めることは決して容易なことではなかったと推察する。

さあ、出かけようか。我々ははるか時空のかなたに、この《あふりこ》をそっとしかけにいくとしよう。

二〇一九年十月　川瀬　慈

●『太陽を喰う／夜を喰う』所収のイラストは、同章執筆者が、そのフィールドに近住する左記の青年男女および子どもたちに、「太陽・月の民話」および「妖術師」をモチーフとして描いていただいたものです。

42頁（およびカバー表4）：Adjagbodjou Josué
43頁（同右）：Adjiwa Rodolphe
45頁、79頁、85頁：Aïdédji Charbel
53頁（およびカバー表2袖）：Gandaho Chantal
67頁（およびカバー表1）：Gandaho Fabrice

●『太陽を喰う』55頁所収の「皆既日蝕」の歌詞（アインシュテュルツェンデ・ノイバウテン／ブリクサ・バーゲルト）は、武村知子氏による翻訳です。同氏の『日蝕狩り ブリクサ・バーゲルト飛廻双六』（青土社、二〇〇四年）から、その一部を原文どおりに引用させていただきました。

●『バッファロー・ソルジャー・ラプソディー』所収の写真に使用した額縁は、ミシェル・アート氏によるものです。

●右記および附言記載以外の写真は、各章執筆者によるものです。

●本書表紙、本扉、カバー表3袖の写真は、それぞれ「クレチェウの故郷」、「あふりか！わんだふる！」、「バッファロー・ソルジャー・ラプソディー」所収のものです。

川瀬 慈（かわせ・いつし）1977年、岐阜県生まれ。京都大学大学院アジア・アフリカ地域研究研究科博士課程修了後、マンチェスター大学グラナダ映像人類学センター研究員を経て、現在、国立民族学博物館／総合研究大学院大学准教授。専門は映像人類学、民族誌映画。2001年より、アフリカ、主にエチオピア北部の地域社会で活動を行う吟遊詩人、楽師たちの人類学研究を行い、同時に人類学、シネマ、現代アートの実践の交差点から、映像、写真、音を用いた話法を探究。著書に『ストリートの精霊たち』（2018年、世界思想社、第6回鉄犬ヘテロトピア文学賞受賞）、共編著書に『見る、撮る、魅せるアジア・アフリカ！――映像人類学の新地平』（2006年、新宿書房）、『フィールド映像術』（2015年、古今書院）、『アフリカン・ポップス！――文化人類学からみる魅惑の音楽世界』（2015年、明石書店）。映像作品に「Room 11, Ethiopia Hotel」（イタリア・サルデーニャ国際民族誌映画祭にて「最も革新的な映画賞」受賞）、「ラリベロッチ――終わりなき祝福を生きる」、「精霊の馬」など。

村津 蘭（むらつ・らん）1983年、大阪府生まれ。一橋大学法学部卒業。京都大学大学院アジア・アフリカ地域研究研究科博士課程在籍中。日本学術振興会特別研究員。専門は映像人類学、宗教人類学、アフリカ地域研究。主な研究テーマは、ベナンの宗教における憑依、妖術、悪魔祓いについて。民族誌の映像作品に「トホス」（東京ドキュメンタリー映画祭奨励賞 受賞、Ethnogra Film Paris Festival 選出上映等）、「The Season of Vodoun」、「ジョヌディド」。インスタレーション作品に「触れたら、死ぬ」（「im/pulse: 脈動する映像」、京都市立芸術大学ギャラリー @KCUA、2018）など。

ふくだぺろ 1982年生まれ。映像人類学、芸術人類学。立命館大学先端総合学術研究科博士課程在籍中。アフリカの移民や狩猟採集民における現実と過去（未来）の創造を主要テーマに、論文、映像、詩、絵、写真 、小説、建築といったメディアを複合的に用いて研究＝実践に従事する。代表的な映像作品に「o: a film shot with water lens」（2016、マンチェスター国際映画祭実験映画賞受賞）。著書に『ふぃっしゅのーちい』（私家版、2016）、『flowers like blue glass』（Commonword、2018、Highly Commended by Forward Prize）。展示作品に「yoyo」（「im/pulse: 脈動する映像」、京都市立芸術大学ギャラリー @KCUA、2018）など。

矢野原 佑史（やのはら・ゆうし）1981年、鹿児島県生まれ。京都大学大学院アジア・アフリカ地域研究研究科博士課程修了後、現在、京都大学アフリカ地域研究資料センター研究員。専門は音楽人類学。主な研究テーマは、カメルーンの熱帯林地域における在来の音文化ならびに都市部の若者たちによるヒップホップ・カルチャーの変遷。映像作品に「野帳_20180610」、展示作品に「Polyphonic Mono-Logues」など。著書に『カメルーンにおけるヒップホップ・カルチャーの民族誌（京都大学アフリカ研究シリーズ21）』（2018年、松香堂書店）、共著書に『アフリカン・ポップス！――文化人類学からみる魅惑の音楽世界』（2015年、明石書店）など。

青木 敬（あおき・けい）1988年、茨城県生まれ。京都大学大学院アジア・アフリカ地域研究研究科博士課程修了後、同研究科特任研究員、京都外国語大学嘱託研究員を経て、現在、関西大学文学部助教。専門は文化人類学、ポルトガル語圏地域研究。主な研究テーマは、カーボヴェルデ人の音楽的アイデンティティ。ほかにも中米ニカラグアにおけるクレオールの土地・領土問題について人類学的研究を行っている。著書に『カーボ・ヴェルデのクレオール――歌謡モルナの変遷とクレオール・アイデンティティの形成』（京都大学アフリカ研究シリーズ18、2017年、松香堂書店）、共著書に『アフリカン・ポップス！――文化人類学からみる魅惑の音楽世界』（2015年、明石書店）、翻訳書に『カーボ・ヴェルデ・クレオール語への誘い』（ニコラ・カン著、2018年、晃洋書房）、主な論文に“A Social History and Concept Map Analysis on Sodade in Cabo Verdean Morna”（African Study Monographs Vol.37. No.4, 2016）など。

あふりこ――フィクションの重奏／遍在するアフリカ

2019年11月15日　初版第1刷発行

編著者　川瀬 慈
発行者　塩浦 暲
発行所　株式会社　新曜社
101-0051　東京都千代田区神田神保町3-9
Tel: 03-3264-4973　Fax: 03-3239-2958
e-mail: info@shin-yo-sha.co.jp
URL: https://www.shin-yo-sha.co.jp/

ブックデザイン　祖父江 慎＋根本 匠（cozfish）
印刷・製本　中央精版印刷株式会社

Printed in JAPAN ISBN 978-4-7885-1654-0 C0095